Sargento Getúlio

João Ubaldo Ribeiro

Sargento Getúlio

Copyright © João Ubaldo Ribeiro

*Grafia atualizada segundo o Acordo Ortográfico da Língua Portuguesa de 1990,
que entrou em vigor no Brasil em 2009.*

Capa e imagem de capa
Kiko Farkas/ Máquina Estúdio

Revisão
Fernanda França

*Os personagens e as situações desta obra são reais apenas no universo da ficção;
não se referem a pessoas e fatos concretos, e não emitem opinião sobre eles.*

Dados Internacionais de Catalogação na Publicação (CIP)
(Câmara Brasileira do Livro, SP, Brasil)

Ribeiro, João Ubaldo, 1941-2014
Sargento Getúlio / João Ubaldo Ribeiro. — 1ª ed.
— Rio de Janeiro : Alfaguara, 2021.

ISBN: 978-85-5652-123-1

1. Ficção brasileira I. Título.

21-63355   CDD-B869.3

Índice para catálogo sistemático:
1. Ficção : Literatura brasileira   B869.3
Cibele Maria Dias – Bibliotecária – CRB-8/9427

[2021]
Todos os direitos desta edição reservados à
EDITORA SCHWARCZ S.A.
Praça Floriano, 19, sala 3001 — Cinelândia
20031-050 — Rio de Janeiro — RJ
Telefone: (21) 3993-7510
www.companhiadasletras.com.br
www.blogdacompanhia.com.br
facebook.com/editora.alfaguara
instagram.com/editora_alfaguara
twitter.com/alfaguara_br

Sumário

Romancista maior, *Jorge Amado*	7
Getúlio: Uma viagem em linha reta, *Juva Batella*	11
Sargento Getúlio	21
Biografia do autor	143

Romancista maior[*]

Jorge Amado

Nas idas de 1928, saudando o aparecimento de *A bagaceira*, Tristão de Athayde escreveu um artigo que ficou quase tão famoso quanto o romance que iniciou o movimento novelístico de trinta. "Romancista ao Norte!", tal era o título entusiástico do rodapé.

A exclamação do crítico, seu grito de aviso, o entusiasmo extravasando da análise lúcida, a alegria de encontrar um romance em meio a tanta história débil de sociedade que era a moda do tempo, cada uma dessas coisas poderia ser repetida nesse último trimestre de 1971 ante o lançamento de *Sargento Getúlio*, romance do baiano João Ubaldo Ribeiro.

Em verdade o grito de hoje já seria complemento a aviso anterior, quando há uns dois ou três anos esse mesmo João Ubaldo Ribeiro estreou em livro com um romance de geração inquieta, moços em busca de seu destino, romance revelador de reais qualidades de ficcionista e de um talento pouco comum. Mas — valha-nos Deus! — aquele primeiro livro, comparado a esse *Sargento Getúlio*, passa a caderno de aprendiz de romancista. Agora temos à nossa frente um romance que exige os grandes adjetivos: um senhor romance.

O termo "senhor", aliás, não vai bem com esse livro mais para o bruto, para o popular (popular, jamais populachero), para o violento. Em suas páginas vive gente de baixa extração — jagunços, soldados

---

[*] Texto originalmente publicado em *O Pasquim*, n. 128, 14-20 de dezembro de 1971, p. 3. Jorge Amado já havia publicado, no *Jornal do Brasil*, em 21 de setembro de 1968, uma resenha intitulada "Um verdadeiro romancista", de *Setembro não tem sentido*, primeiro romance de João Ubaldo Ribeiro, publicado naquele mesmo ano.

da polícia militar de Sergipe, lavradores pobres, um padre, alguns políticos sem escrúpulos, sujos indivíduos. A terra sergipana, chão de beleza e de doçura, eis o cenário onde o sargento vive, mata e morre. Recebeu ordem do chefe político para levar até Aracaju o adversário preso ilegalmente, e cumpre sua missão. Essa pequena viagem do sargento Getúlio com seu prisioneiro é uma das mais belas e poderosas sagas de nosso romance. Um romance duro, dilacerante, por vezes terrível, de extrema humanidade.

O drama maior, tema do livro, não é o do preso humilhado, batido, reduzido a um trapo, mais abaixo dos animais. É o do sargento às voltas com sua confusa consciência, a cumprir a missão que o chefe lhe confiou. Coragem, decisão, inteligência arguta, lealdade sem limites, uma dúvida na cabeça: a figura do sargento Getúlio se levanta com uma força de criação raras vezes alcançada no romance brasileiro. Cresce em meio à realidade do Nordeste, a miséria e o atraso.

João Ubaldo Ribeiro criou, para contar a história da viagem do sargento com seu preso, uma língua extremamente expressiva, moldada pela fala popular dos campos do norte da Bahia e de Sergipe, rica e densa, instrumento eficiente para sua narrativa. Assim completou a qualidade excepcional do romance.

Certamente tal livro só pôde ser escrito e tão bem realizado por ter sido fruto de experiência vivida: menino ainda, o romancista viu-se levado a Sergipe onde familiares seus ocuparam cargos políticos. Ali, numa intimidade de copa e cozinha, conheceu sargentos e soldados, jagunços, políticos, assassinos e mandantes. Carregou dentro de si histórias e figuras, macabros acontecimentos e confusos desejos, a miséria e a solidão, e agora descarregou tudo isso em cima da gente.

De uma geração baiana que deu artistas como Calasans Neto, José Maria e Sante Scaldaferri e que produziu essa força da natureza desatada no cinema, Glauber Rocha, o autor de *Sargento Getúlio* traz realmente uma contribuição nova ao romance brasileiro. Não se trata de modismos, de novidadeirismos, de truques, de prafrentismo de quem não tem o que dizer nem como dizer. Ninguém mais longe de toda essa besteirada do que João Ubaldo Ribeiro, apenas um escritor tratando de dominar seu ofício — e como o consegue! Um romancista finalmente, em meio a tanto desmunhecado a contar suas angustiazinhas. Um romance finalmente, para nos compensar de tanta ficção mofina que anda por aí ganhando prêmios.

Getúlio: Uma viagem em linha reta

Juva Batella[*]

"Para ler este teu livro vou precisar de um dicionário de sergipês", eu lhe disse. E ele riu. "Não, não. Apenas vá lendo." E eu: "Mas e as palavras, João?" "As palavras?! Passe por elas, simplesmente passe por elas", e riu de novo.

E foi assim que desaprendi a ler com João Ubaldo Ribeiro: lendo como se atravessasse um campo devastado pela velha e diária batalha dos escritores com as palavras — um belo lugar comum, e não à toa. A batalha, porém, não é minha, mas cabe a mim, como leitor, atravessar o campo, que neste caso é o sertão; atravessá-lo evitando pisar nas palavras com que o escritor lutou; procurando deixá-las em paz — as desgraçadas —; deixá-las onde estão, para sempre estendidas ao longo das linhas de frente. Ler assim é muito perigoso, porque este livro é o sertão dentro do sertão.

Comecei o romance *Sargento Getúlio* com este espírito — passar por cima de todas as palavras estranhíssimas e que eu julgava impossível estarem dicionarizadas —, e na terceira página o meu problema já era outro, e bem maior: eu estava enfiado na cabeça de Getúlio Santos Bezerra. E da cabeça desse monstro, assassino, facínora, obcecado e teimoso como uma mula, eu só sairia 110 páginas depois. As palavras?! Pisei em algumas, ignorei outras, assustei-me com muitas, desentendi meia dúzia, mas passei por todas, seguindo o conselho do tio.

---

[*] Escritor, professor e doutor em literatura brasileira pela puc-Rio, com pós-doutorado pela Universidade de Lisboa. É autor, entre outros, do livro *Ubaldo: Ficção, confissão, disfarce e retrato*, de 2016.

Hoje, escrevendo isto, penso que gostaria de ainda não ter lido *Sargento Getúlio*, pois só assim eu poderia ler pela primeira vez este romance que é a obra-prima de João Ubaldo Ribeiro. A quem já leu, porém, só cabe reler. É o que se faz quando se gosta de um texto: repetir o gesto de se debruçar sobre a mesma página e olhá-la no olho, como se nunca antes...

Quanto à história? É simples. Um sargento da Polícia Militar de Sergipe recebe de um chefe político local, um tal Acrísio Antunes, uma ordem que se torna a sua missão: levar um preso daqui para lá, de Paulo Afonso, norte da Bahia, a Barra dos Coqueiros, em Sergipe. (Mas tem de entregar vivo, seu Getúlio!) O preso? Nunca é identificado. Getúlio, logo ao início da viagem, chama o desinfeliz de "cachorro bexiguento", "filho dum cabrunco", "cão da pustema apustemado", "pirobo semvergonho, pirobão sacano, xibungo bexiguento chuparino do cão da gota do estupor balaio" (p. 40). ("As palavras?! Passe por elas, simplesmente passe por elas.") Para o sargento pouco importa quem é o preso ou mesmo se tem nome. "Ninguém se lembra mais do nome dele, ninguém se lembra mais nem do nome da gente, quer dizer eu me lembro do meu nome [...] e se quisesse me lembrava do nome do peste, mas não quero e esqueci" (p. 100), pensa o nosso herói (herói?!). O que importa é a ordem do chefe: cumprir a missão.

A missão é já assunto da epígrafe, que fecha assim: "É uma história de aretê". Numa história de aretê — e no coração de um vivente digno —, honra e virtude trabalham juntas. A honra de Getúlio é a sua palavra; e a sua virtude, a obediência inegociável à ordem recebida cara a cara do chefe — e isso lhe basta para seguir sendo o que é (se não for assim, ele vai preferir não ser). Cumprida a missão, mantida a palavra, mantida a honra. Mas os ventos da política local sopram para outras direções, e o sargento, no meio do caminho até Barra dos Coqueiros, recebe uma contraordem: reconduzir o preso a Paulo Afonso, abortar a missão, esquecer o assunto e sumir. Mas... "Não posso sumir", diz Getúlio, que não consegue colocar-se em outro lugar que não o seu próprio. "Quem pode sumir é os outros, como é que eu posso sumir, se eu sou eu?" (p. 95).

A contraordem recebe-a não pessoalmente, de seu chefe Acrísio, mas de mensageiros que lhe vão aparecendo pelo caminho. Getúlio, porém, cuspindo de lado e ignorando os recados de pessoas ligadas ao chefe, recusa-se à nova ordem: "só devo sastifação a uma pessoa, graças a Deus, e dessa pessoa nada ouvi até agora, a não ser o que ficam me dizendo, só que eu não emprenho pelos ouvidos" (p. 92). Dada a sua obstinação, a sua ignorância, a sua fidelidade à *palavra viva* de Acrísio Antunes, o sargento vai contra a contraordem e decide encarar as consequências no dente. Getúlio Santos Bezerra, agarrado como uma mula à sua aretê, torna-se, então (e agora, sim), um herói — e trágico. Mantém-se em cima dos próprios pés, mira em frente e segue a sua viagem em linha reta.

Mudam-se tempos e vontades; o sargento, porém — e este é o centro nervoso da sua condição trágica —, permanece igual a ele mesmo. "A política está mudando", reclama, "está ficando uma política maricona" (p. 63). Mas Getúlio é macho; e macho o suficiente para cortar fora a cabeça de um tenente. Cortada a cabeça, vai ter com um padre, que pondera (sim, mas não; sim e entretanto; talvez, quem sabe...) — e, referindo-se ao preso (àquela altura da viagem já virado num farrapo de gente), diz:

> vosmecês das duas uma: ou dá um fim direto nesse cristão, louvado seja Nosso Senhor Jesus Cristo [...], ou então solta ele, diz o padre, porque não sei mais se é possível levar ele para a capital [...]. Inda mais [...] que temos aqui trocidades, dentes arrancados, violências, e os tempos estão mudando e vosmecê cortou a cabeça dum tenente e não sei como é que isso vai ser, inda se fosse um cabo [...], mas como é que se vai cortar a cabeça dum superior mesmo no aceso [...]. Que desse umas porradas, ainda vá, ou arrancasse um olho na disputa [...]. Agora, a cabeça não; a cabeça se vai lá, se olha o pescoço e se resolve cortar, é uma coisa quase parada [...].
>
> [...]
>
> — O tenente me chamou de corno, seu padre. Era ele ou eu.
>
> — É isso mesmo — diz o padre. — Devia de ter cortado mesmo.
>
> (pp. 82-3)

Getúlio está a léguas de querer contar a história da sua vida. Contar para quem, afinal? O seu discurso é mais autorretrato que autobiografia. Funciona, portanto, no aqui e no agora, e em várias direções, a depender dos interlocutores — ele próprio incluído. O sargento não é apenas aquele que fala para o outro, para o seu motorista Amaro, para o preso sem-nome, o padre, os mensageiros de Acrísio e ainda para a doce Luzinete. É também aquele que fala sozinho, que rememora, que pensa alto e pensa baixo, aquele que vislumbra e aquele que delira. Não há nas teias do texto uma fronteira entre o que o sargento fala e o que pensa. "Quando estou pensando, estou falando, quando estou falando, estou pensando", diz (ou pensa) o nosso herói (p. 39). Só há a primeira pessoa narrativa, o verbo getúlico. Torná-lo silencioso ou sonoro é tarefa que cabe ao leitor. Tudo acontece ao mesmo tempo, e no tempo de um instante.

> — O senhor tem a minha palavra de honra.
> Pode ficar com sua palavra [diz Getúlio?, ou pensa?], eu só tenho o que é meu, e é pouco. Faço o seguinte: o seguinte é o seguinte: eu resolvo isso hoje.
> [...]
> Não sei direito como é que eu falei assim [pensa ou diz em voz alta?] [...] e o que é mais que pode me acontecer. O que pode me acontecer é eu morrer, daí para baixo não pode mais nada... (pp. 95-6)

De fato. Medo de morrer ele não tem, embora aqui e ali tenha esmorecido. Não foram poucos os reveses que afrouxaram a convicção de Getúlio de que tinha de ir até o fim da história — o fim da sua travessia em linha reta. Mas o sargento não suportaria ver-se como um frouxo — e se não entregasse o preso, cumprindo assim a missão, ele seria um frouxo: "o que é que eu vou ficar pensando depois, se já tenho pouco para pensar e o pouco que eu tenho vai inchando na minha cabeça e vai tomando conta do oco que tem lá dentro?" (p. 97).

Medo de morrer, de fato, esse cabra não tem: o "ser ou não ser" não é a sua questão. A sua questão é outra; o dilema, outro. O de Hamlet? Esse é existencial. O de Getúlio é mais prático. O sargento precisa conhecer-se (e reconhecer-se) por aquilo que faz ou não faz, fez ou não fez, fará ou não fará. Ubaldo, com essa ideia, encontra a brecha bem-feita para o rearranjo literário de que mais gosta: brincar, serelepe e fagueiro, com outros textos, citando-os, misturando-os, entretecendo-os e desautorizando-os em suas autorias originais — intertextualizando-os, enfim, numa lépida travessura de vozes. E compõe então, a partir do monólogo de Hamlet...

> Ser ou não ser — eis a questão.
> Será mais nobre sofrer na alma
> Pedradas e flechadas do destino feroz
> Ou pegar em armas contra o mar de angústias —
> E, combatendo-o, dar-lhe fim? Morrer; dormir;
> Só isso. E com o sono — dizem — extinguir
> Dores do coração e as mil mazelas naturais
> A que a carne é sujeita; eis uma consumação
> Ardentemente desejável. Morrer — dormir —
> Dormir! Talvez sonhar. Aí está o obstáculo.*

... o seu remix: levo ou não levo, faço ou não faço aquilo que o chefe, pessoalmente, me mandou fazer? Diante do impasse, Getúlio abandona arrogâncias e certezas e, por um único instante, e pela primeira vez no texto, confessa-se dividido entre levar e não levar, viver e não viver, ser e não ser. As polaridades estão claras na consciência truncada do sargento. Não levar o preso (o "cão da pustema") ao destino mandado — fraquejar, desistir e dar a meia-volta — significa ser, e ser significa permanecer vivo para, lá no fim da vida, "morrer velho e frouxo". Levar o preso (o "fidumaégua, fidumavaca, fidumajega") até Aracaju, desobedecendo à contraordem, quer dizer morrer, mas morrer aqui e agora, e morrer forte e macho   ou seja, não ser. Getúlio morre macho.

> Levo ou não levo, é isso. Talvez seja melhor sofrer a sorte da gente
> de qualquer jeito, porque deve estar escrito. Ou é melhor brigar com

---

* William Shakespeare, *Hamlet*. Trad. de Millôr Fernandes, ato III, cena 1. Porto Alegre: L&PM Pocket, 1998, p. 88.

tudo e acabar com tudo. Morrer é como que dormir e dormindo é quando a gente termina as consumições [...]. Só que dormir pode dar sonhos [...]. Por isso é que é melhor morrer [...], quando a gente solta a alma e tudo finda. Porque a vida é comprida demais e tem desastres. (p. 96)

E não é apenas para compor a sua travessura de vozes que o escritor mete na boca de Getúlio, remixado, o dilema de Hamlet; é também para abrir, no livro, uma segunda brecha — e por ela se vê que o romance *Sargento Getúlio* está encharcado de infância. São poucas as entrevistas em que João Ubaldo Ribeiro não menciona o pai intelectual e a casa de Sergipe abarrotada de livros. São poucas as críticas que não tentam casar o seu perfil literário com a sua história, ainda menino, junto aos livros. "Sei que parece mentira", diz Ubaldo, "e não me aborreço com quem não acreditar (quem conheceu meu pai acredita), mas a verdade é que, aos doze anos, eu já tinha lido [...] a maior parte da obra traduzida de Shakespeare."*

E, na sua infância, um determinado sargento Getúlio, de carne e osso, e armado até os dentes, está fincado no meio de um feixe de lembranças de menino que misturam um pai poderoso, um Sergipe ensanguentado — com homens violentos entrando e saindo para a proteção da casa da família Ribeiro — e uma erudita biblioteca. E o que são as lembranças do menino? Assustado e ao mesmo tempo encantado, olhos arregalados, está o moleque João, com mais ou menos nove anos, diante do Getúlio "da vida real". "Minha mãe tinha medo dele, porque Getúlio era um homem de bigodinho assim fininho, de costeletas, pintava as unhas!, quer dizer, pintava com esmalte transparente [...], era todo cuidadoso assim, maneiroso."**

Ubaldo diz que o pai mantinha à sua volta, além de Getúlio, mais alguns homens de confiança, todos meio ajagunçados.

---

* Trecho da crônica "Memória de livros", *Um brasileiro em Berlim*. Rio de Janeiro: Objetiva, 2011, p. 112.
** Fernando Assis Pacheco, "João Ubaldo Ribeiro: histórias de riso, lágrimas e fantasia". *JL — Jornal de Letras, Artes e Ideias*, Portugal, ano ii, n. 48, 21 dez. a 3 jan. 1983.

O sargento Tasso, alagoano como meu pai, era um sargento bem dentro de casa, [...] com a submetralhadora no colo, [...] o que podia conviver com [...] as crianças da família, [...] um sargento enorme, foi o homem que me contou a maior parte dessas histórias aí no *Sargento Getúlio*, [...] uma pessoa boa, [...] ao mesmo tempo um facínora!"*

Tasso foi a Sherazade de Ubaldo.

A ideia de estruturar o livro sobre uma travessia inspira-se em outra travessia, cujos detalhes escutou de uma conversa entre os pais. E aqui entra o terceiro homem: o coronel (ou sargento) Cavalcante, furado com dezessete tiros em Paulo Afonso, e mantendo-se de olho aberto e de pé. Manoel Ribeiro, o pai de Ubaldo, arranjou uma preciosa ambulância, rara naqueles tempos e confins de mundo, para socorrer o seu funcionário/ amigo. Cavalcante, teimoso como uma outra mula, chegou vivo, e só foi morrer décadas depois, "assassinado por outro motivo".** Em menos palavras: as dezessete balas do jagunço da infância do menino João transformaram-se nas catorze balas que Getúlio diz ter encravadas no corpo e que consigo carrega em suas andanças pelo mundo. O personagem Getúlio Santos Bezerra, portanto, é um pacote de três — três sargentos em um.

Ubaldo, no entanto, não é o único menino em todo esse espaço literário; é o menino do lado de cá. Por trás do espelho — ou do lado "de lá" — há outro: o filho do chefe Acrísio Antunes. Os dois moleques brincam em tempos (nem tão) diferentes, e na mesma representação de espaço. Ubaldo cria o seu personagem menino-filho-do-chefe e o coloca de pé, diante do sargento Getúlio; e descreve-o ficcionalmente para se lembrar de si mesmo, jovenzinho, na sala de sua casa, em Sergipe, no fim da década de quarenta, num específico dia, a assistir ao entra e sai de sargentos jagunços. E ele de repente vê Getúlio sentado, de "bigodinho assim fininho", "cuidadoso", "maneiroso".

Vamos à sala dos espelhos, com os dois moleques, um de cada lado:

---

* Fernando Assis Pacheco, op. cit.
** Segundo texto de Maria Sílvia Camargo, "Um herói tirado da infância", *Jornal do Brasil*, 9 abr. 1983.

Apois estou lhe dizendo que o homem que o senhor mandou em Paulo Afonso [diz Getúlio], numa noite aqui nessa sala mesmo, tomando um vermute, aquele homem que deixou o quepe pendurado nas costas de uma cadeira e pediu permissão para desabotoar a túnica e o senhor deixou e seu filho ficou olhando as duas cartucheiras e eu pedi um copo dágua e ele chamou a empregada e eu tomei a água e até na hora a barriga me coçou de lado e eu fiquei coçando e escutando, depois que bebi a água. Aquele homem... (p. 136)

— [...] e então Getúlio às vezes aparecia lá em casa, [...] minha mãe se benzia, "ai, meu Deus, Getúlio!", mas eu adorava porque ele, Getúlio, tirava a túnica, a túnica da Polícia Militar de Sergipe tinha não sei quantos mil botões [...], ele pedia licença para tirar, para desabotoar tudo, porque era um calor brutal, e aí, quando ele abria aquele negócio, tinha uma cartucheira atravessada assim, outra cartucheira atravessada assim, tinha punhal, e tinha sovaqueira, que é o nome que se dá àquele coldre debaixo do braço, duas sovaqueiras!, rapaz, era um arsenal do exército de Canudos [...] ... E eu achava aquilo uma maravilha, eu adorava, era um fascínio para mim ver Getúlio...*

Fascínio — é o que sente o Ubaldo menino, para quem tudo aquilo é grandioso, "uma maravilha...". Compreende-se fácil. Menos fácil é compreender o nosso fascínio pelo personagem (e por isso o livro é uma obra-prima, e agora fazendo cinquenta anos). Por que razão, a cada página, e à medida que a história avança, gostamos mais e mais de Getúlio? É um sargento-bandido, e dos piores, o mais malvado entre os malvados, um bruto sanguinário, um assassino frio numa missão mórbida, um endemoninhado, um homem cruel cuja violência ofende e queima na carne os seus leitores mais tolerantes e resistentes. Getúlio é o fim da linha de qualquer ideia de humanidade.

No entanto, gostamos dele, torcemos por ele, entendemos suas birras e teimosias, engolimos suas degolas e queremos que tenha mais malícia, escape e se salve, e que seja feliz, e que demore a morrer, e que morra em paz (velho e macho!). João Ubaldo Ribeiro consegue

---

* Fernando Assis Pacheco, op. cit.

nos convencer de que o seu sargento é humano; um sujeito em luta contra a desigualdade, o cinismo do poder, a traição; um amigo leal; um vivente com dignidade e amor-próprio; uma criatura em perigo que precisa resistir e sobreviver; uma pessoa que deseja ser livre e que, por isso, merece todo o nosso respeito; um homem de palavra reta, honra e virtude. Getúlio Santos Bezerra. Quem? O que nunca morre e cujo nome é um verso...

Sargento Getúlio

Para Roma

Nesta história, o Sargento Getúlio leva um preso de Paulo Afonso a Barra dos Coqueiros.
É uma história de aretê.

I

A gota serena é assim, não é fixe. Deixar, se transforma-se em gancho e se degenera em outras mazelas, de sorte que é se precatar contra mulheres de viagem. Primeiro preceito. De Paulo Afonso até lá, um esticão, inda mais de noite nessas condições. Estrada de carroça, peste. Temos Canindé de São Francisco e Monte Alegre de Sergipe e Nossa Senhora da Glória e Nossa Senhora das Dores e Siriri e Capela e outros mundáos, sei quantos. Propriá e Maruim, já viu, poeiras e caminháos algodoados, a secura fria. E sertão do brabo: favelas e cansançãos, tudo ardiloso, quipás por baixo, um inferno. Plantas e mulheres reimosas, possibilitando chagas, bichos de muita aleiva, potós, lacraias, piolhos de cobra, veja. Matei uns três infelizes assim, pelo cima de uns quipás, sendo que um chegou devagar no chão, receando os espinhos sem dúvida. Assunte se quem vai morrer se incomoda com conforto. Fosse dado a sangria, terminava o vivente no ferro, porém faz um barulho esquisito e não é asseado por causo de todo aquele esguincho que sai. E dessa forma acertei um disparo no cachaço, procurando atitude para não esperdiçar munição. Inda xinguei por me obrigar a caçar pelessas catingas, arremetido naquela soaeira, estropeando as reiúnas novas naquelas catanduvas embaracentas. Só se vê cabeça de frade, macambira, catingueira e urubu. Nem ouviu mais o xingamento, amunheçou e esfriou. Trabalheira ordinária. Ia me fazer chegar aonde? Itapicuru? Vitória da Conquista? Sei lá. Não tem limites para a frouxidão que faz o homem dar nas canelas e botar a alma no mundo, correndo do destino. A hora de cada um é a hora de cada um. O bexiguento lá estrebuchado, agora ancho nos espinhos, como se o chão fosse forrado de barriguda. Que diferença faz? Quem já viu o derradeiro tiro sabe como é. Aquela sacudida no corpo, uma estremidela de uma vez só. Depois os urubus, que a tarefa aí já não é mais de punição, é de limpeza. Urubu é o asseio dos matos, enxerga no minuto que alguém deixa de andar naqueles agrestes e fica rodeando como um esprito. Arrodeia assim, estralando o bico e ufeúfe nas asas, aqueles pulos penados, almospenados. Vai e revai e vai e vem. De luto. Deve ter um bafo notável. Sabe-se que o urubu novo nasce branco e depois empretece e se ver um homem vomita de nojo, dá enguios. Nós temos nojo deles, e ele tem nojo de nós. Naqueles agrestes, quando todos caldeirãos se acham secos e as arribaçãos escavocam a lama no caminho do rio, dá um silêncio importante. Só o mato que bate castanhola, assim vez por outra. Como gaiteiras, só que nesta feita no terreno sem mangues. Não existe bom que não tenha medo dos urubus, porque a fome traz ousadia no bicho e ele achega-se perto, pulando pelo chão, de asa aberta e bicão exalando. É o dono do mundo. A língua deles se vê e se ouve o barulho dos pés, naquele passo arredondado que ele dá. E pode esperar que o homem vai ser comido numas beliscadas puxantes, aos arranques: o bicho estica para trás, arrasta pelo chão e engole com a cabeça para cima, tudo muito calado e despachado. O segundo cabrunquento se finou quase que do mesmo jeito, só mais conformado, fazendo rezas. Dizem que já estava mordido de barbeiro mesmo, morria assim ou assado qualquer dia, mas parecia cevado e sustante. Enfim, quem come jaca e bebe qualquer espécie de cachaça estupora, mas nas horas antes parece ótimo, até chegar o estuporamento. Dizem, nunca vi. Porque na minha frente nunca permiti um cristão misturar indevidos, beber água depois de chupar cana, comer coco tendo tosse. A morte morrida enfeia e dá sentimentos porque é devagar, não é pacífico. Sempre digo, nas festas de rua, quando o povo se junta feito besta de um lado para o outro: olhe as galinhas de Deus. Porque é igual às galinhas do quintal. Quando menas ela espera, ali galinhando no copiar, ali ciscando bendodela com aquela cara de galinha, o dono pega uma, raspa o pescoço bem raspado e sangra num prato fundo, com um vinagrinho por baixo. Quando menas a gente espera, Deus pega um e torce o pescoço e não tem chororô. Mesma coisa. Meu São Lázeo, meu São C-iprião, não adianta nada, que o santo não tem prevalência no destino. A criatura se desmancha-se em elementos. Udenista, pessedista, qualquer. Amaro já viu muito cabra na agonia, não viu, Amaro? Não tem jeito, quando está dirigindo não gosta de prosa. Não ser quando dá bigu às raparigas. Não semos raparigas, pelo menos eu não sou rapariga, desculpe. Oi Amaro, uh-uh Amaro, ô seu peste, quando um homem fala tu responde. Um dia desses com essa macriação algum macho lhe tira-lhe o fato fora, que tu só vai ter tempo de espiar as tripas, rezar meia salverrainha, um quarto de atodecontição e escolher o melhor lugar no barro para se ajeitar, e ligeiro ligeiro, que possa ser que antes de chegar já tenha ido. Oi Amaro, inda mais que tu é frouxo por demasiado. Vosmecê sabe, esse apustemado é de Muribeca. Povo de Muribeca não presta, tudo tabaréu, lá não tem nada, não sabe vosmecê. Amaro, ou você fala ou eu me ferro. An-bem. Hum. Chu. Estrada de carroça, tudo desmazelado. Já botei muito cabra para correr assim na escuridão peluma estrada dessa. Casos menores, remédios outros. Temos dois tonéus na delegacia de Frei Paulo, para ser enchidos com lata de gás furada. O bicho entra na chave e pega a encher os tonéus, só que tem de correr, do contrário a lata desvazia antes, pois os buracos são muitos e coculados. Boia, saroios e macasadas, quando há, dormidas ou não, de acordo. Azeda no bucho e pode dar malinagem na barriga. Domingo, feijão como vem, folha de couve ou outra naquela água acastanhada, não petece mesmo, não é comigo não. Casos mais graves requer a expulsão do alguém. Meia libra de bacalhau cru quando haja, quando não haja possa ser jabá mesmo, gorda ou não, sem escaldo. Segue um copo de óleo de rício, esse gordo que chega as bolhas a se abrir em cima, recindendo mamona. Bem, criaturo: se fizer efeito no Município, estamos acertados, vai dessa pras profundas. Quem diz? Arriba até mesmo de cavalo, achando cavalo, ou senão numa boa carreirinha, e vai se aliviar longe das divisas. De Barracão a Simão Dias, sei lá. Bosta derretida onde marquei terreno, isso não. Nunca. Dessas fiz diversas, que era para não fazer mal pior. Infeliz tem mulher e filho, geme como um bacorinho, o que é que se vai fazer? Necessidade é necessidade, passe bem eu e o meu alazão, a mulher parindo ou não. Cabo eleitoral dessa laia não merece respeito. Mesmo agora que eu perdi a autoridade, sempre fica o prestígio. Em Aracaju tenho as costas quentes e não é assim que Getúlio vai se ver de uma hora para outra. Principalmente depois de entregar vosmecê. Tem ambientes em Aracaju, gente a seu favor. Coisas. Não gosto desse serviço, não gosto de levar preso. Avexa-me. Depois de levar vosmecê lá, assento os quartos num lugar e largo essa vida de cigano. Só se doutor Zé Antunes pedir muito. Mesmo assim. Me aposento-me. Essa água está quente na garrafa, mas está boa. Nunca beba água onde não pode ver o purrão. Segundo preceito. Lampião andava com uma colher de prata no embornal. Todo de comer enfiava a colher. Se a colher empretecia, tinha veneno, isso porque o veneno descurece a prata, não sabe vosmecê. Morte certa para o dono da casa. Se não empretecia, dava até presentes, sortia bodegas, fazia felicidades. Muitas vezes ficava arreliado por qualquer coisinha. Trancou os quibas de vários na gaveta, jogou a chave fora e tocou fogo na casa. Não sem antes botar uma faca ao pé do desgraçado. No meu pensar, antes morrer queimado do que perder os quibas. A voz vai afinando, a barba vai caindo, se torna-se pederástio, falso ao corpo. Mas a maior parte preferia cortar os ovos do que virar coivara. Hoje em dia não se faz mais essas coisas. Vosmecê aturava uma dessas? Outra vez, Lampião amarrou a mulher de um juiz, não sei se em Divina Pastora ou Rosário do Catete ou Capela, amarrou essa mulher desse juiz num pé de pau e botou nuazinha em pelo. Mas já se viu uma mulher velha dessa com tanto cabelo nas partes? Ora já se viu que indecência? Nem das piores raparigas, que é isso assim? E assuntou em cima dos oclos assim e assado e acabou arrancando todos os penteios do xibiu da mulher na frente de todos, tudo ali reunido por obrigação, porque Lampião só fazia tudo na frente de todo mundo. Ruindade era ali, matava sem ideias. Resultado, cabeça cortada na Bahia, de exposição como chifre de boi brabo. Antes porém brincou de manja com a milícia de todos Estados e deixou a marca no mundo desde o tempo de Dão Pedro. Dizem, nunca vi. Bicho ruim não morre fácil. Ô Amaro, porventura onde estamos? Me avise-me quando chegar em Curituba Velha, arreceio tocaias. Pior da quentura, os bichinhos de asa vão entrando pela janela e vão se grudando no suor da cara. Espécie de animal pestilento. Em Buquim, aquela mosquitaria, que era ver. Buquim é Brasil? Porto da Folha é Brasil, com aqueles alemãos falando arrastado? Aracaju não é Brasil. Socorro não é Brasil, é? A Bahia não é Brasil. Baiano fala cantando. Necessário tomar banho uma hora dessas. Quentura do crânico rodete. E esses bichos batendo na cara dum cristão. Me aposento-me. Uma casa em Japaratuba, que é lugar fresco e assossegado, junto do rio Japaratuba, que o único defeito é nascer lá naquelas brenhas de Muribeca, hem Amaro? E fico encostado, comendo caranguejo. Assino a orelha dum par de cabras de leite e fico lá encostado, jogando gamão. Doce de leite, hum? Chu. Vida mansa, não sabe vosmecê. E eu de vinte mortes nas costas. Mais de vinte. Olhando para mim, não se diz. Mas se eu não sou um homem despachado ainda estava lá no sertão sem nome, mastigando semente de mucunã, magro como o filho do cão, dois trastes como possuídos, uma ruma de filhos, um tico de comida por semana e um cavalo mofino para buscar as tresmalhadas de qualquer dono. Espiando o dia de São José, aquelas secas espóticas, nuncão. Aquela chuva que antes de chegar embaixo já está subindo de novo, de tão queimosa a excomungada da terra, lembra labaredas. Japaratuba é menos agreste. Compro um binoclo, na tenção de olhar as paragens. Gosto de binoclos. Mas de vinte nas costas, veja vosmecê, é como mulher, não se consegue lembrar todas. A primeira é mais difícil, mas depois a gente aprende a não olhar a cara para não empatar a obra. De perto demais não é bom. Se agarram-se na gente, puxam a túnica para baixo. Verdade que pouco estou de farda, mas quando estou me aborreço que suje minha farda. Não gosto de estar com uniforme descompleto. Estradinha da moléstia. Não sei, talvez possa ser melhor comprar uma plantação boa, num sítio quieto. Mandioca. Interessante, é venenosa, mas nunca vi ninguém morrer de mandioca, agora todo mundo sabe que é venenosa. Matar de veneno é porcaria. Conheci um cabo que bebeu tatu e se vomitou todo. Morreu feio, lançando arroxeado na cama. O terceiro que morreu na catinga não me lembro o nome. Um com a cara de peru assoberbado, um vermelho. Teve morte demorada. Bicho valente, reagiu de facão, de maneiras que tivemos de encher logo o couro dele. Assim mesmo, a bochecha de Alípio tomou um corte medonho e ficou escancarada como duas folhas soltas. Ferida feia. Preciso comprar brilhantina assim que chegar numa cidade de gente. Quando vou à paisana, o quepe não está para assentar as grenhas. Alípio queria falar, mas não podia, só assoprava com descontrole de vento. Donde se vê que a sede da fala também é parte na bochecha. Pouco sangue, só o bastante para lambuzar mais ou menos o pescoço. Aquilo como duas bandeiras, uma desencontrando da outra. Compro uma brilhantina cheirosa e mando aparar as costeletás. Alípio ainda acertou as tripas do udenista com a baioneta três ou quatro vezes. Maioria dos udenistas custam de morrer, se prende no ar como camaleão. Não ser as mulheres, que morre como qualquer, udenista, pessedista, queremista, intregalista ou comunista. Também não sei muito de mulher. A gota serena, a bexiga da peste. Dá de gancho. Tem quem tome a Saúde da Mulher, para purgar a reima. Sei não. Arde. Até de noite essa poeira vai entrando e suja a camisa de amarelo. Amaro só anda ripado pela estrada, mas com esse caminho de carroça não se pode fazer mais. Vosmecê garanto que não tem pressa. Compro Quina Petróleo Oriental, como o Chefe usa e sai todo busuntado, passeando na rua João Pessoa, de roupa branca e um lenço no bolso e dando aquelas paradas para conversar e explicar a situação e depois sentando para tomar cerveja e comer queijo com um molho preto em cima. Para mim o Chefe campa as mulheres da miuçalha toda, quando quer. É entrar naquela sala e sair galada. Para mim é isso. Quina Petróleo Oriental. Arre. Diabo de mosca. Mosca não se afoga. Menino, eu pegava as moscas e botava numa garrafa dágua, sacudia bem e quando abria lá vem mosca voando que nem esta aí nem vai chegando. Resiste bem. O que me reta é que a gente enxota e ela vem no mesminho lugar que estava quando a gente enxotou antes. Agora, pode se pegar uma se botar a mão palmo e meio para o lado e passar a mão mais ou menos para cima, que é para pegar o voo dela. Depois, jogando com força na parede, ela achata. Mas aqui não posso fazer, não dá posição. Quina Petróleo Oriental, já usou? Se eu alisasse o cabelo, possa ser que melhorasse, mas para alisar tinha que ir num salão em Aracaju. Isso não, ia acabar fazendo uns buracos nuns camarados por lá, quando me olhasse resvalado. Aracaju é mais difícil do que no interior, cidade grande tem testemunha por demasiado. A política não é bom em Aracaju. Política de macho é aqui. Diacho, até potó dá aqui dentro, já viu vosmecê? Um saqué desses verte água em sua casa e encalomba tudo, nunca mais sara. Amaro, nós dormimos no primeiro lugar aí, não aguento mais essa viagem. Diacho, até potó dá aqui dentro. Menino, pegava praga de mucuim na grama. Necessário untar o corpo de pó de enxofre com água e ficar quentando até a praga amainar. Fede como a desgrama e eu ficava todo coscorento e amarelo. Bicho ruim, mucuim. Cuidado quando deitar na cama, sempre se aprevina. Terceiro preceito. Por dormir desarmado morreu muito macho bom. Preciso comprar um rádio. Dá chique. O homem que matei na cama, matei a raça toda. Assassinato misterioso em Itabaianinha. Massacre de família. Essas alturas, todo mundo leso e eu dormindo em Arauá. Não gosto de jornal como vosmecê, acho difícil, muitas palavras. Menas verdades. Udenistas, comunistas. Comunistas udenistas. Partido Social Democrático. Quando fomos apanhar o camarado dentro da casa da mulher dama, ele estava lá todo entupigaitado, de roupa de diagonal e gravata lustrosa e dando muita risada e parecia que era uma festa que ele estava. Tárcio arreganhou a porta e deu aquele grito da pega. Conheceu o finado Tárcio? Amaro conheceu, ô Amaro. Conheceu? An. Hum. Deu aquele berro que ele dava. Todo mundo eu pego e capo, gente! Vá desafastando, vá desafastando, vá desafastando e passando pela revisão da porta. Se viu-se foi rapariga naqueles pinotes miudinhos se enfiando pelas portas, debaixo da cama, todas partes da casa. Espetaram uma no muro do quintal, quando quis pular. Esqueci de avisar que o quintal estava cercado, tinha homem até no oitão, e tudo péssimo. No meio daquele baba todo, o homem querendo fazer discurso. Que significa isso? Que significa isso? Que significa isso, sargento? Senhor desculpe, senhor vai com a gente, mestre. A dona da casa falando carioca, parecia até coisa que prestasse. Tárcio segurou ela pelo quengo e jogou lá dentro. Pensa que calou a boca? Ficou lá saturando a paciência, de maneiras que Tárcio foi e arregalou o olho cego em cima dela e soltou um bafo nela: não arrelia, mulher dama! Já se viu mulher dama ter querer, onde já se viu. Quando o diabo não vem, manda o secretário. Essa carioca sibite, acostumada a ver todo bichinho ximando o rabo dela. Sai, sai. Vasta, puta! Não é que vastou e mordeu a brida e Tárcio ainda arregalou o olho cego outra vez pelas grimpas dela e a putarreles ficou desencalmada. Aquele olho branquicento de Tárcio matou muita gente do coração, quando ele se aporrinhava aparecia também umas aveias vermelhas, era assombrado. O Chefe disse: me traga esse homem vivo, seu Getúlio. Quero o bicho vivão aqui, pulando. O homem era valente, quis combate, mas a subaqueira dele anganchou a arma, de sorte que foi o fim dele. Uma parabelada no focinho, passarinhou aqui e ali e parou. Foi manso, manso, de beiço quebrado. Tárcio queria logo passar uma máquina zero no cabelo dele, mas não pôde ser. Era só questão de dar umas porretadas de ensinamento, não era como quando fomos quebrar o jornal comunista. Essa quebra ninguém mandou, mas o jornal aporrinhava o Chefe, de sorte que um dia foi queimado e faltou água para os bombeiros. Não sobrou nada e tinha um comunista chorando na porta. Cabra frouxíssimo. Sem dúvidas baiano. Magro, sem sustança, devia de chorar assim de fraqueza. Todos casos, queimou está queimado, não sobrou nem tição para acender meu liberti. Foi o fim dos udenistas comunistas. Ô gente mofina só é comunista, embora estime a perturbação. Na hora que arrocha, se vão-se todos para cachaprego. Levei diversos. Luiz Carlos Preste. Luiz Carlos Preste. Faziam mítingue na praça Pinheiro Machado gritando isso e uma vez perturbaram toda a rua da Frente, não deixaram ninguém passar. Não teve gueguê nem gagá. Seu Getúlio, me compreenda uma coisa, me desça o pau nessa corja. Eles lá muito monarcas no distúrbio e nós destaboquemos pela praça Fausto Cardoso e casquemos a lenha. Cambada de cachorro, não acha vosmecê? Não teve essa cabeça boa, na hora do derrame de cavalaria, que ficasse livre da bordoada. O jornal, depois o Chefe botou no outro jornal que os intregalistas era que tinha queimado. Prender os intregalistas, seu Getúlio, que é para eles aprender a não queimar o jornal dos outros. Me traga essa gente toda, pelo amor de Deus. Fomos buscar e daqui a pouco estava assim de intregalistas na frente da gente. Bonita coisa queimar o jornal, bonita coisa queimar o jornal dos comunistas. Entrou tudo na Chefatura, reclamando, reclamando, ah porque não foi eu que queimei o jornal, ah porque isso não pode, ah porque não sei o quê, ah porque o pai dele é importante e vai soltar ele e essas coisas. Marchou tudo para dentro, abriram inquérito. Por mim, estava tudo lá até hoje. Essa gente não presta. Chegaram na casa do Chefe e avisaram, quer dizer, um caguete avisou que vamos pegar o homem em casa, se não tiver pegamos a mulher do homem, se não tiver pegamos o filho. Veio força armada da Bahia, botaram cachorro, escondemos o menino e se dispomos por baixo dos oitizeiros da praça, pela riba do palanque, em cima da piçarra. Estava uma guerra. No alpendre, botemos eu e Tárcio, segurando duas máquinas engraxadas, das tinindo, novas, novas. Era entrar, era ser varado, sem uma nem duas. E a gente estava pronto para passar uma piaçaba de bala naquela praça, ô festival, hem Amaro? Aquilo quando estava silêncio, chega se ouvia quase as armas respirar e um ar pesado, virgem. Amaro viu, ih, estava lá se borrando nas calças, carregando um cano curto. Ô Amaro, revólver atira sem homem? Quem nasce em Muribeca é muribequense, hem Amaro? Ah-ah. Muribequino ou muribequeiro? Esse Amaro, oi Amaro. Chofer bom está aí, a mão firme. É quem dirige o estudebeque do Chefe nas horas de maior precisão. Ele e Batista, mas do Batista não gosto, vosmecê conhece? Pois a gente estava ali com os cotovelos no balaúste, assuntando se vinha a invasão, só que com a cabeça para dentro, que era fatível mandarem um balaço lá da rua do Cedro e ninguém semos passarinho para o outro vir atirar assim sem mais. Tárcio saía de vez em quando, com a cabeça para cima por causo do olho cego, e ia pegar um salame na bodega de Zé Corda, às vezes bolacha de goma, que ele gostava, uma garrafinha de jade, coisa assim. Eu não. Plantado ali. Mas a udenê — veio vosmecê? assim veio ela. Sabia que o pecidê estava pronto para qualquer política que viesse e podia vir como viesse. Isso em Aracaju, porque se fosse no interior a gente fazia com eles o que eles fizeram em Ribeirópolis, aliás sei que vosmecê tem parte nisso, quando eles até fogo em bezerro vivo tocaram e espalharam sal na terra e inda por cima arrancaram as portas e janelas das casas das famílias e botaram um homem em cada buraco, espiando para dentro. Isso eles não se alembram de contar. Mas ali não apareceram para o cerco do mais danado da política, naquele aceso, ia ser uma mortandade. Tinha boas mãos e dispostas, uma roda de chumbo. Mas não apareceram. Aparecesse, chovia ferro. Cristiano Machado, o homem é Cristiano Machado. Brasileiro. Presidente é presidente. Udenista é udenista. Talvez possa ser melhor, em vez de Quina Petróleo, Brilhantina Glostora, porque gosto mais do cheiro. Se lembra do preto Ramálio, Amaro? Esse vou dizer a vosmecê, esse era ladrão, esse não valia nada, teve sorte merecida. Amarraram atrás dum carro e arrastaram pelaí. Os restos jogaram no apicum. Preto ruim, baiano. Preto e baiano não dá certo. Pois usava Glostora o infeliz, veja como era desassuntado. Vou aparar essas costeletas. Homem era Floriano. Dizem, nunca vi. Quantos anos tem não sei. Todo Peixoto é macho. Isso os antigos sabem. É Leite, é Sobral, é Prata, é importante, tem isso também. Vieira é que é um nome ruim. Mas já se viu que quentura tirana do estupor balaio, vosmecê não sente? Bom é de manhã na serra, quando a cerração ainda não se levantou e no que se fala sai aquela fumacinha da boca. Ô mestre, ou então, hem Amaro, ou então ver a cana florindo em Riachuelo, dando umas parenças com o mar lá em Aracaju. É aquela atalaia de cana que só vendo, tudo tudo envergada pela viração. Isso de cima dum morrinho, porque de baixo, pela estrada ou pelo caminho, parece umas vassouras desinvertidas, umas vassourinhas, e fica aquilo louro, louro. De manhã é o melhor, o mato ainda está quieto, sem as bicharias e as caças rebuliçando. Tenho uma irmã que ficou no barricão, e hoje vive na janela com as outras vitalinas lá em Vila Nova, que gostava de ver cana na floração. Foi ela que me ensinou, porque antes eu não via, passava desprecatado. Assim agora eu gosto e quando é tempo e eu tenho tempo, espio muitíssimo. Bom café, cigarro e muito sossego, já sem vontade de quedar na rede, mas gostando muito das coisas. Dá para pensar na vida como se não tivesse nada para dar apuquentação. Mas é só, porque com pouco o sol esquenta e com a quentura o mato fica todo vivo de bichos e coça e desconforta a vida. Peste, não existe lugar para morar. Usina de açúcar é bom, ninguém tira um cabra de lá. Não gosto disso, não sabe vosmecê. Ninguém entra numa usina para tirar um cabra. Não gosto disso, é contra a lei. Devia ser contra a lei. Por que o homem tem o direito de passar a vida corrido, atocaiado numa usina? É previlege. Mas agora pensando na vida, me vem na ideia o pão de Inhambupe. O pão de Inhambupe é especial. Já comeu? Amaro já. Não já? Hum. Chu. Que pão. Inhambupe é na Bahia, mas não é na Bahia. Quando chegar numa cidade, também engraxo as botas. Quando cheguei em Aracaju, antes de botar farda, fui engraxate. Era meninote, sem preocupação muita. Brigando só para malinar, briguinha besta. De baleadeira também se mata, bem pensando. Dizem, nunca vi. Só fogopagou. Possa ser que eu precise ir no médico, estou sentindo umas pontadas na caixa. Não sei como é que tem um sujeito que passa a vida apalpando as partes dos outros. Profissão é profissão. Não gosto de médico. Nunca atirei num médico. Ou já atirei? Não me lembro. Sinimbu dizem que era médico em Pernambuco. Agora é finado, pronto, não é médico nem em Pernambuco nem em Petrolina. Nem no Maranhão, nem lugar nenhum, nem no fiofó da juda. Bicho seboso. Deram um banho de capuco de milho no cadave esfregando bastante, se bem que nunca avermelhasse, porque cadave não avermelha, só fica lá parado ali, endurecendo. Ninguém não repara defunto sujo, veste a roupa de votar, enfia dentro, acabou. Coveiro, profissão miserável. Todo paraibano é coveiro. Paraíba é Brasil. Arrenego dessa peste dessa poeira, capaz de deixar a gente endefluxado. Uma desgraça, assoando o nariz só sai barro, como se fosse. O caso é tomar um conhaque de alcatrão. Veja vosmecê, trazer vosmecê de Paulo Afonso, puro Estado da Bahia, até aqui esses confins, uma viagem pequena até agora, se não fosse essa bendita bosta dessa estrada de carroça, já estou todo sujo e escorrendo lodo pelas drobas do pescoço. Imagine o finado Cavalcanti, que trouxeram de Paulo Afonso numa assistência que era mais marinete do que assistência, com vinte e seis rebites no corpo, em diversas posiçãos, e o bicho ainda chegou vivo em Aracaju gofando sangue e tiveram que tirar sangue de uma porção de gente e botar nele. Vinte e seis buracos na carcaça e o bicho rebatendo a morte com toda a raça, feito galo de briga. Vosmecê não acredito que tenha visto um homem resistindo da morte, porque o que me dizem é que vosmecê manda, não faz. Está direito, na sua posição. Mas veja, quando o homem resiste da morte não tem visagem mais assombrada. Quando o ajutório chega na hora e alcança o homem em vida, se vê-se o peito subir e descer e as bufas da agonia e aquela ânsia e aquela briga e a cabeça se revirando e as mãos se encrespando. Quem nunca viu não sabe o que é. Tem quem diga que a morte é calma. Tem quem diga que dá até paz, como num descanso. Só se for depois, porque na hora o sofrente arregala as vistas e se segura no que achar, como quem se segura na vida. E se revira e range os dentes e levanta a cabeça e puxa o ar e busca conversa e espia os lados e fica retado porque todo mundo não está indo com ele e arroxeia os beiços e faz que se senta e se esfrega em tudo e se baba e se bate dos lados e olha duro para as pessoas e dá gofadas e fica com pena dele mesmo e estica as pernas e se treme todo e faz cara de medo e se destorce e faz barulhos e se bufa e se borra e grita e pensa naquilo que nunca fez e pede a Deus nas alturas e chuta o vento e estica a roupa e incha o peito e no fim faz uma força e revira os olhos de modo medonho e dá um arranque para cima e vai embora no seu caminho, que o dia de nós todos vem. A hora de cada um é a hora de cada um. Mas ninguém gosta de ir, isso é conversa de padre. Qualquer perigo na terra, alguém já viu e pode contar como é. Lá quem viu não pode contar, é um despreparo. Quem quer ser passado nas armas? Vosmecê quer ver que já viu um derrame de cavalaria, quando o sabre é permitido para bater com a lâmina nos quartos da raça. Num cavalo árdico, passarinheiro, com as patas no vento. Rinchando bruto. E lá vai pata, que ninguém é meu irmão preu alisar. Em Buquim, fizemos uma tocaia amuntados uma vez. Pega-se por primeira o derradeiro, como caça. O primeiro fica para a segunda descarga. Eu, como não gosto de arma despalhafatosa, levei o meu chimite. Tonico levou a metralhadora aná e passou ela e não foi bom, que os miolos se desmilinguiram-se e saiu pedaço de queixada e foi lasca de homem por tudo que era lado, igual quando mataram um certo alguém aí em Itabaiana Grande. As ordens que vieram era: não encosta no corpo. Mas mal corpo havia, aquilo é uma espirrada que desparrama sangue por todo canto e não deixa nada inteiro. Tonico gostava, era mais pistoleiro do que político. Eu sou político, não mato à toa. Tonico atira dando risada, é feio, por isso tem umas cens juras de morte em cima dele. Chamado mão de onça porque não treme a mão na gaguinha, só franze a testa e morde o beiço e segura de com força. Aponta assim para a frente e guenta firme com toda a sacudida, mesmo a bicha puxando para a canhota como de costumeiro, papocando uma bomba de um cruzado atrás da outra. Em Salgado, nessa feita, a perícia foi da capital, parecia uma procissão, e todo mundo falando meio nuns cochichos e encapotado, estava fazendo uma friagem muito grande e estava cheio de gente na rua, naquelas horas mesmo. Eu ainda estava lá, metido na japona preta, e quando os homens chegaram pulei na frente: pronto, meu chefe. O médico me disse: sargento, arranje um homem para catar o cadave. Ele nem sabia que era dois cadaves, não era um cadave só.

An-bem, não se conhecia direito, tudo embolado naquela porqueira toda, uma sopa. Mandei dois homens ajuntar tudo, mas não ficou um serviço perfeito, tinha dado formiga nuns pedaços e os miudinhos elas carregaram e o resto era assim das bichas. O doutor disse: sargento, como não tomou conta dos corpos e deixou as formigas levar os pedaços e está assim essa vergonheira que depõe contra; e porque tal porque vira, não está direito, aviu; e porque assim depõe contra, aviu; e eu respostei, de perfil: mas, excelença, ou bem olhava as formigas ou bem dava uns tiros nuns tatus, tatu é doido por cadave. E tinha um par de pebas solto por ali, naquela carreirinha de tatu. Pior era se os tatu comesse. Tinha acertado mesmo um tatu, que estava lá estirado, muito mais inteiro do que os dois cabras, que o tatu foi eu que acertou, não foi Tonico Mão de Onça. Esse tinha fincado o pé na piçarra faz tempo. O Chefe veio, o enterro foi concorrido, comemos o tatu de ensopado. Seu Getúlio, o senhor não vai me deixar ninguém mais vivo em Sergipe, assim não podemos. Udenista safado, eu disse, e cuspi no chão a mascada que estava na boca. O Chefe deu uma gaitada daquelas surdas, espiando o chão, com a biqueira cavoqueando. Dei a ele um passo preto que eu mesmo ceguei, nessa data, que até hoje ele tinha, se não desse para um amigo que visita ele de vez em quando, e que eu não gosto. Tem a cara de sariguê. É o tipo da testemunha, não vale nada. Moléstia de estrada, e eu que pensei que já tinha passado o tempo que eu levava caminhão e mais caminhão de eleitor por essas bandas para votar, veja vosmecê. Uma vez quiseram me tomar um caminhão de eleitor na bala e foi um tiroteio besta. Perdemos dois votos no baba, porém eles perderam mais, em gente já paga e contada. Povo brabo. Sergipe é um sertão só, mesmo que não seja.

Vosmecê me desculpe, mas desafaste dessa porta. De fato, essa é a metralhada, de maneiras que não abre de jeito e qualidade. Mas via das dúvidas não encoste, que vosmecê eu tenho responsabilidade. Vosmecê me desculpe eu ficar prosando o tempo todo. É para não dormir. Não sei nem o que eu estou falando, ou o que eu estou pensando. Quando estou pensando, estou falando, quando estou falando, estou pensando, não sei direito. Vosmecê não precisa responder, apesar de que é falta de educação. É como assim: se eu dormir, vosmecê faz por tirar a minha arma, me acertar, dar um tiro no toutiço de Amaro e se enfiar pelos matos até achar guarida. Enquanto isso, eu aqui prosando, como se vosmecê fosse meu compadre e a gente tivesse na beira do batistério. Anbem, não posso dizer que fosse do seu gosto conversar comigo, pois se vosmecê, se eu cochilasse, me sacava a garrunchinha de fé e me socava um balaço nas fontes. Agora, eu também, se acordasse antes, com o puxavão da arma, com a mesma arma lhe brocava o crane e não me incomodo se vosmecê me diz que tem ginásio. Se alembre: se em vez de lhe buscar em Paulo Afonso com todos cuidados e lhe trazer nessa viagem tirana da peste, peste, peste, peste! merda, Amaro, segure esse porra desse hudso que este pai dégua se desmantela-se! se em vez de lhe trazer eu lhe passasse o aço e lhe carregasse a cabeça dentro dum bocapio o que ia ter era muita sastifação em todo o Estado de Sergipe, seu bosta, digo mesmo, bosta, bosta, seu cabeça de bosta, coração de toloco, filho dum cabrunco! olhe o desgramado, espie aí, Amaro! fugir pra Paulo Afonso, ora fugir pra Paulo Afonso, fugir pra Paulo Afonso feito uma vaca, bexiguento! fugir pra Paulo Afonso, pra Paulo Afonso, lá nos infernos, viu, cão da pustema apustemado, lhe faço uma desgraça, pirobo semvergonho, pirobão sacano xibungo bexiguento chuparino do cão da gota do estupor balaio, mija-na- -vareta, tem ginásio, tem ginásio! nunca vi ginásio fazer caráter, não responda porque é melhor, lhe meto a cabeça num bocapio e deixo o resto com os guarás, cachorro bexiguento, está pensando o quê, agora responda, capão do rabo entortado, peste! capão da peste, tiro um cunhão seu fora nesse minuto, para lhe ver amofinado e roncolho em Ribeirópolis daqui a pouco, nego fujão; fidumaégua, fidumavaca, fidumajega, viado corredor, peste, peste, peste peste! lhe como a alma, está pensando! lhe tiro o figo, está pensando, ora fugir para Paulo Afonso, amasiado com mulher dama, adeus mestre, ora taí, Amaro, homem creia! Não se enxira, Amaro, quando a cabeça esquenta o melhor é deixar refrescar. Tu tem curso de ginásio, Amaro? Que eu sei, você andava lavando a escada do Ateneu. Se lavar escada do Ateneu dá ciência, você vai bem. Pergunte a esse comunista daqui, esse maricão estrumado, esse capadócio desse udenista, esse peste ruim! pergunte, mas não vá pensando que ele responde, que ele não responde. Só fala com doutor, mas está aí de beiço tremendo como rabo de largatixa, com medo que eu dê um fim nele agora. Dou mesmo, peste! Ah-bom. Chô! Uh! Cabra ruim, se encolha, se encuruguje aí mesmo, que seu lugar é aí. Desencoste da porta, cara de caceta! Sai! Dou umas porradas nesse peste, Amaro? Garanto que, na hora de apertar o gatilho para matar uma família toda, nem pensou. Valente que fazia gosto, todo desfricotado, todo muito do macho, todinho um cabra de Lampião, ah cafetino desterrado, pistoleiro de meia pataca. Agora me diga. Se mijar nas calças, corto o vergalho fora e pico cimento em cima, estou avisando. Sua sorte é que vão querer julgamento, tem jornalista a seu favor, está um sistema. Por mim era tranchã, cabeça no bocapio, entrega embrulhadinha, com papelotes. Agora, pegando menos de trinta, vai você, promotor, juiz, adevogado, não tem esse. E pegando mais de trinta, quando sair morre também. Sua vida faz uma volta, entra e sai no mesmo fim. Amaro, a gente dorme em qualquer lugar que tenha uma casa perto. Me ajude a atar esse peste num pé de pau. Suas necessidades faça amarrado mesmo.

II

Eu moro no mundo. Moro andando. Ai, aaaaaaaai, aai, aai, ai, ai, aaaaaaaai, aaaai, ai um boi de barro, ai um boi de barro, um boi de barro, ai um boi de barro, ai de eu, um boi de barro, ai um boi de barro. Moro andando, assim. Um aboio, disseme. Disse-me disse-me. Ai um boi de barro. Viu aqueles boizinhos, todas as cores, principalmente de barro mesmo? Me encontro-me sujo de barro assim e como do barro como de comer, por causo do gosto pardo. De menino, na feira, lhe conto. Quando chegava, ainda não era bem dia claro. Duas, três janelas, quatro janelas possa ser, já se pendurava carne-seca em mantas grandes e esturricadas, pretas ou alvas na gordura. Lembranças de comilanças, e o cheiro. Às vezes, um enterro cedo. Precisava ser cedo, porque logo se trabalhava. Defunto não come, talvez seja melhor. Mas não era menos enterro por ser de madrugada, antes era mais, porque em outras horas tem sempre gente na rua que não está prestando atenção no enterro. E de madrugada não, porque, quando tem um enterro de madrugada, só tem mesmo o enterro, com aquele caixão deslizando e o povo atrás e se ouvindo as pisadas no chão e as pernas das calças se esfregando umas nas outras. Também moringas nas janelas, suando. Gostava de passar a mão pela barriga das moringas, bater em arupembas penduradas, olhar as pedras. Umas partiam. Quando podia, abaixava na sombra e ficava fazendo pó das que partiam. Era bom pó, podia se misturar. Às vezes se fazia desafios, quem tinha mais pó, quem tinha mais qualidades, quem tinha mais fino. O dia inteiro assim, menino é besta. Meu pó é mais, seu pó é menos, tenho azul, não tenho azul. Tinha pedras furtas cores. Se guardava os pós numas caixas. Mas sempre se perdia, ninguém guarda pó muito tempo, nem menino, ainda mais que não tinha serventia que não a cor e existia pouco tempo para as coisas. Pouco tempo, às vezes, muito tempo às vezes. Às vezes mesmo muito tempo, como quando fazia que chovia mas não chovia por cima das lonas da feira. Ficava uma escuridão e os bois de barro paravam nas pilhas. Porque quem olhava no sol os bois se mexiam naquelas fileiras compridas até longe, tão compridas que se juntava. E os montes, equilibrados um pela riba, um pela riba, um pela riba, assim. De maneiras que no sol tudo rebuliçava e tremia como coriscos e era um movimento, que a gente sabia que não tinha, mas que tinha, e os meninos ficavam espiando, pensando nas boiadas e querendo laçar o boi. Na chuva, nada, só poças. Mas no antes da chuva, parava. Parava tudo mais. Ficava ali sentado no torete de mourão, assuntando. Mas parava, a não ser os pensamentos. A fala parava. Se as vistas ia duma porta da rua para a outra, só podia ir devagar porque até a cabeça era como dentro dágua, um ar grosso, aquilo mole e quieto. Os bois, nada, tudo pasmado. Digo: o tempo apeava e tinha tempo para tudo porque a vida não andava. Mas também não tinha tempo para nada, porque nada se podia fazer, nessas horas. E a cidade de qualquer forma parece que vai morrer, como os cachorros de pedra empinados nos pilastres das casas grandes, com as grades. Nunca vi tanta grade como em Laranjeira, posso dizer. Quer dizer, vi, mas em Laranjeira as grades são mais. Não sei dizer. São mais e tem uma chatura pelo chão, que se vai marchando assim pela rua, um pé atrás do outro, a ideia no chão, firme, escolhendo as pisadas e, depois de muito tempo, se levanta as vistas: está lá a mesma gradilhona, tantas grades, maioria marrom, de pontas, outras de bolas, só as grades e umas moças velhas com os cotovelos aparafusados nas janelas, olhando mortas, todas murchas, nem falam. Vez em quando, uma vira a cabeça para o lado e fica o tempo todo, com aquela cabeça virada, com preguiça de desvirar e fica lá, como uma planta. Elas nem tem mais o que falar. Se ouve nada, nada, se espia as grades. Em Laranjeira, o mundo é gradeado. É uma vida gradeada e reta e, de repente, quando menos se pensa, acaba a rua e fica nada, ou então começa a mesma coisa, como numa roda, as mesmas grades e uns paredãos de casa comidos. E as raparigas, eu nem entendia, acordando com os cabelos esgrenhados e botando as cabeças fora das casas, com os bugalhos vermelhos. Vida de rapariga, hoje entendo. As putas, putas, putenças, que da minha padecença são vacas do meu Brasil. Cada dia vai morrendo um pouco mais a laranjeira. Um dia morre toda e fica como um caju seco, no meio das grades e quem passar diz: olhe ali um caju seco, e vai passando. No sertão não tem grade, também não tem muita coisa mais. Tem mais terra, qualquer um pode ver. Acho que tem mais bode. Às vezes estou assim aquietado, só com o juízo ruminando, e me lembro como se fosse agora de uma coisa que aconteceu antes. Estou falando assim, ou fazendo qualquer coisa, pegando o fumo com a mão esquerda, metendo a mão no bolso, perguntando que horas são, espiando a cara dum vivente, estou assim bendomeu, quando penso que aquilo já aconteceu. Quer dizer, não aquilo mesmo, mas uma coisa como aquilo, quase aquilo mesmo e eu como que já sei o que vem depois, mas logo esqueço e volto. É somente numa horinha, mas vem como uma gastura na barriga. Eu já fiz isso igualzinho, eu já fiz isso a mesma coisa. Bem aqui. Assunto isso porque não sei por quê, arrumando aqui me vem essa coisa na cabeça, essa coisa de Laranjeira. Se fosse só o sertão, entendia mais. Perdido nesses agrestes, dá mesmo para ficar como em casa. Mas Laranjeira não, aquelas grades. Não sei por quê. Só se é que vai chover e o peso do tempo me dá essa ideia. Se chover, não tiro o cabra dali, não gosto dele. Pode dar defluxo, pode dar o que quiser dar, não acho que viva muito de qualquer jeito. É um cabra ruim. Primeiro: deu veneno a Ocridolino, no hospital, matando na hora, quando ele já estava na beira de sair. Segundo: mandou atirar em Anfrísio, na porta de casa, quando ele estava sentado numa cadeira de vime e de pijama. Terceiro: secou Ribeirópolis, afrontou os Paraíbas. Botou sal no chão, jogou tudo no mato, deu fim na bezerrada. Inda hoje não esqueci, quando cheguei com a sereia da viatura desembestada. Encostava o joelho no botão e soltava como que um miado grosso e comprido e aí a gente ia levantando poeira com aquele miado na frente. Estava um banquete do pecidê, era mortes previstas, todos ensubacados, ensiralhados, um armamento. Encostemos pelos becos, eu e Tárcio na sombra, era até bom, porque encanava o vento e ficava fresco bem ali onde a gente fomos ficando. O resto formando o expositivo de segurança, nas beiras da varanda da casa onde tinha o banquete, uma força de homem perverso como nunca que havia sido ajuntada, daquela vez só ficava vento depois do combate, posso garantir, e um vento fedorento, digo mais. Eu desci um pouco do carro, estava um cheiro de macho ruim, as paredes parecia que estava tudo vivas de olhos. Tárcio disse, levantando o quepe: vai que não volta, ou então volta furado, disse ele com aquela cara de que estava falando de futebol ou então dizendo que ia fazer uma merendinha, assim como quem não quer nada. Se eu sentisse saudade de homem, sentia saudade dele. Me apertou a mão, quando morreu, mas não era nesse dia em Ribeirópolis, foi depois em Riachão do Dantas, morreu de fato à mostra. Mas eu desci até fazendo pose, tinha bandeirolas e gambiarras, umas bandeirolas esculhambadas, tipo Ribeirópolis mesmo, tudo de papel de embrulho cor de tijolo velho e umas amarelas. No meio da rua estava calor porque não tinha um pé de árvore para remédio e o sol doía nas vistas, porque rebatia na poeira branca do chão. Pois desci fazendo pose, enfiando o catapiolho na aba do quepe, as reiunas vuquevuque, com aquele silêncio só se ouvia mesmo o rangido pela riba daquela poeira fina. Fui tomar uma coisa em frente, logo me arrependendo-me, porque a bendita da poeira me enchia até as verilhas, podia sentir, e as botas se melando, e eu que vinha todo lorde. Estava uma pasmaceira das completas, parece que aquele povinho ordinário tinha ficado com medo da decisão, parece até que não estava acostumado com política. Me deu uma vontade de falar alto, sozinho mesmo, e esse prefeito da pustema não calça essa rua não, siô, e que meleca de cidade mais esbodegada essa, siô, olha que desgrama, siô, e umas coisas nessa veia. Mas em missão não se pode fazer arruaça, de maneiras que fui levantando um pé e outro do melhor jeito, para sujar menas as botas, um pé e outro, um pé e outro, com a cara de Tárcio na ideia, dando que estava dormindo na viatura, mas mais acordado do que um calangro, aquilo não prestava mesmo, fechava os olhos com a munheca no instrumento, que não era besta, quem quiser que se ousasse. Uma poeira branca como eu nunca vi, e fina, dava umas parenças com talco roial briar, bem fina. Fui chegando e subi num passeio de uns três palmos de altura que tinha lá e bati as botas na calçada para tirar a poeira, hum, peste que não sai. O do balcão me espiou de jeito que tivesse medo que eu desse um tiro nele, mas eu nem falei nada e só fechei a mão e espichei o mindinho e o furabolo e disse: uma. Botou duas em uma, tinha cara de rato. Aí fiquei ali, assuntando o jogo de sinuca, pensando assim que bastava começar os festejos lá do outro da rua que podia não sobrar nenhum ali, mas também, quando abriram as casas dos Paraíbas e fizeram a miséria toda, ninguém se mexeu. Nenhuma porta nem janela, até as necessidades era na frente de todos. Pois fiquei ali, até assobiei, sabendo que estavam com mais medo de mim do que do inferno e fui ficando um tempão, horas olhando as unhas, horas coçando os quibas, horas sacudindo a porta de trás para a frente e da frente para trás, só por presença. Quando eu resolvia, encarava um, mas ele logo me desencarava. De formas que passei um lenço no balcão e encostei meu cotovelo e fiquei ali mais. O banquete devia estar lá, no ótimo do ótimo, e resolvi voltar pela desgraça da rua outra vez. Acredito que, se eu tivesse mandado, todos me carregavam, para eu não pisar no chão, bastando eu dizer não gostei desse chão aqui e se eu pisar nele vou me aborrecer. Mas não falei nada e voltei, para deitar na sombra de dentro da viatura e ouvir as conversas de Tárcio. Tárcio tirava verso quando queria, ou então decorava. Eu mesmo decoro pouco, que não sou de muito aprendizado, mas se eu fosse eu decorava mais, porque aprecio, todo mundo aprecia, e quando não se trata de negócio, mas se trata de amizade, quando é de tarde ou de madrugada e se pode conversar sem pensar no que vem, um verso que se tira, uma calma que se dá e uns jogos de cabeça, sentindo a hora, sentindo aquela hora mesmo

Prezado amigo Getúlio
Permita eu lhe contar
Um caso que se passou
Na vila de Propriá
Teve tanta mortandade
Que até o cão teve lá.

As mulheres virou homem
E os homens virou mulher
E até os bichos do mato
Quando viram deu no pé
Pra o compadre acreditar
Vai ser preciso ter fé.

O rio se abriu no meio
E o mato se escancarou
Igual como São Noé
Quando o mundo se acabou
E tudo isso por causo
De um homem que lá chegou.

Esse homem era por nome
De um tal de Honorato
Nascido de mãe pagona
E de pai cabra safado
Criado em leite de onça
E muito mal-educado.

Quando dormia era ruim
E acordado pior
Matava quatro por dia
E ainda dizia — é só?
E um dia só pra interar
Deu um fim até na avó.

No dia que ele chegou
Naquele grande arraial
Ficou tudo sem governo
Nem força policial
O prefeito se borrou
E o tenente passou mal.

Ele sabia todas e ficava recitando devagar, sacudindo o dedo de cima para baixo, fazendo compasso. Se não fosse homem, eu sentia saudade. Às vezes dava risada e batia com as mãos nas pernas, arribando o corpo na cadeira. Mas não era muito que ria, porque quase sempre estava com a testa franzida e olhando longe, com aquele olho só. Podia ter morrido em Ribeirópolis, só que nada aconteceu naquele dia, visto a frouxidão udenista não deixar começar os festejos. Mas, na hora de fazer o malfeito, fizeram, e o que não tem remédio remediado está. Não existe quem bote a honra no lugar da saída. Saiu, saiu, pronto. De formas que não posso tolerar esse daqui. Vale nada. Vendo a cara, não se diz. Nunca se diz, vendo a cara, estou cansado de saber isso. De menino, sei que é assim, porque os enganos são muitos. Agora, aí amarrado num pé de imbu. Não solto nem que chova, e gostava que chovesse, ia lá espiar, dizer umas coisas, dar uns benefícios no peste. Tomando uma chuvinha, está se vendo que é um homem distinto, com seu cabelo napoleão, um homem muito asseado com suas costeletas trevessadas e tomando um banhozinho essas horas. Estamos tomando uma chuvinha, hum? Apois. Eu podia dizer: não adianta seus corligionários, não dianta nada, quede os corligionários. Chame um aí para se ver, caminhe. Hum. Política é negócio de homem, podia dizer, se amunhecasse como tenho para mim que amunhecasse. Posso dizer que, se amofinasse e arreliasse como mulher parida, se estrebuchasse, podia fazer o que fizesse, eu até gostava. Me dá uma raiva por dentro, acho que careço ter raiva. Demais, não incomoda mais um ou mais outro, mais um ou mais outro eu vejo pelaí toda hora. A coisa que mais tem é morte, e o mais certo que tem. Desque nasce começa a morrer. Tárcio dizia: eu só faço os buracos, quem mata é Deus. Mesma coisa, até ele mesmo, Tárcio, chegando com as duas mãos enroladas na maçaneta da sela, cheio de buracos, nunca esqueço. Se morreu ele, morre qualquer. Então. A morte se apressa-se. É um alívio. Este válio de lágrimas, esta merda. Defunto é que nem praga de abobra, nesta terra. É um chão. Ih. Ê um chão. Chô, nem digo. Eu mesmo estou aí como uma vara em pé, posso qualquer hora desemborcar. Cheguei, como vai todo mundo, muito boa tarde, já vou indo, licença aqui. Quem se incomoda. Tudo só. Eu mesmo já pensei de outras maneiras. Ela estava de barriga na ocasião. Eu alisava a barriga quando tinha tempo, quando vinha um sossego, quando quentava, quando deitava, quando estava neblina, quando aquietava. Parecia um cachorro, ficava ali, os olhos gazos miúdos me assuntando. O barrigão me trazia sastifação, já se adevinhava bem ali e o embigo bem que já saía um pouco para fora e se podia sentir passando a mão. Pois ficava alisando de um lado para outro, numa banzeira, pensando no bicho lá dentro. Quando matei, nem pensei mais em matar. Matei sem raiva. Pensei que não, antes da hora, pensei que ia com muita raiva, mas não fui. Cheguei, olhei, ela deitada assim e ainda perguntou: que é que tem? Ela sabia, não sabia só disso, tinha certeza que não adiantava fugir, porque eu ia atrás. A dor de corno, uma dor funda na caixa, uma coisa tirando a força de dentro. Nem sei. Uma mulher não é como um homem. O homem vai lá e se despeja. A mulher recebe o caldo de outro. Que fica lá dentro, se mistura com ela. Então não é a mesma mulher. E também tem que se abrir. E quando se abre assim, se escanchela e mostra tudo, qual é o segredo que tem? A mulher que viu dois é diferente da mulher que só um viu, porque tem de abrir as pernas, mostrar até lá dentro. Não é a mesma mulher. Isso pensei em dizer a ela, cheguei a abrir a boca. No natural, não falo com quem atiro, é um despropósito. Já se viu, por exemplo, matar um porco e dizer a ele que ele vai morrer por isso e por aquilo outro. Nada, é a faca. Quem se mata não se conversa. Mas ela eu quis dizer, porque, na hora que primeiro bati os pés nos tijolos da sala aberta, vinha com dor. Chegando, passou a dor, não acertei com a fala. Uns olhos gazos tão parados e o cabelo escorrido de banda e a cabeça também de lado, me olhando. Que é que tem? Ela sabia. Quando viu meu braço atrás das costas, tirou as vistas. Quis falar de novo. Eu podia dizer, mas tive medo de conversar. Se quer fazer uma coisa, não converse. Se não quer, converse. Eu tinha de fazer. Não gostava de pensar que ia atravessar a rua com o povo me olhando: lá vai o dos galhos. Isso eu podia dizer a ela. Mas não disse nada e, na hora que enfiei o ferro, fechei os olhos. Nem gemeu. Caiu lá, com a mão na barriga. Fui embora logo, nunca mais botei os pés lá, moro no mundo. Melhor morar andando, agora. Luzinete, ela me diz: me emprenhe. Não deixo mulher enxertada nesse mundo, não tenho como. Matado aquele filho, morreu o resto que podia vir. Ora, cipó do mato, arrenego de diabo de penca comigo, arreda. Fico assim no mundo. A mulher do homem é ele mesmo, tirante as de quando em vez, uma coisa ou outra, somente para aliviar, uma descarga havendo precisão. Minha mulher sou eu e meu filho sou eu e eu sou eu. É assim. E no outro dia podiam me ver dançando uma jornada de chegança, nós que semos marinheiro dentro dessa nau de guerra por isso que puxemos ferro olelê largamos a grande vela. Em Riachuelo. Pelo mundo. Diga se não é Sergipe o meio do mundo?

Se não é aqui as grandes belezas e os verdes matos, que chão. Se aqui não temos tudo e preferimos ficar aqui? Diga se não é. Posso ser o reis do Congo. Tocando porca. Fazendo o sete pelo quatro. O diabo. Vezes que me sinto solto, almirante de mourama, reis dos mouros, reis dos mouros. Lá vou eu. Possa ser o inferno. Sinto uma ruma de coisas. Estaí um garajau se sacudindo na mula, um garajau cheio de boi. Aquelas grades, não volto. Mas um garajau, os caçuás, um garajau cheio de barro, um garajau cheio de boi, aí mãe, a laranjeira murcha, os pés de árvore, tudo morto, sacudindo pela rodagem velha de La-ranjeira, pelo meio das casas gradeadas, um garajau cheio de barro, um caçuá cheio de boi, um garajau cheio de boi. Tudo parado, só vai subindo e descendo aquela boiada de barro no movimento dos quartos da mula. Os olhinhos pintados, que não mexe. Os chifres, que não fura. As pernas, que não anda. Mas, quando bate o sol na feira, que rebrilha, aí se mexe, é uma boiada que estremece. Ai, ai, ai, ai, aaaaaaaaaai um boi de barro, um boi de barro, aaaaaaai, ai, ai, ai, mãe, um boi de barro na neblina, um boi de barro na feira, nos quartos da mula. Um burro com duas ancoretas nas ancas, cada passo uma pendência da esquerda, uma pendência da direita, duas ancoretas para a secura de nós, e a laranjeira como está murcha, mãe, ai, aaaaaaai, ai um boi de barro, um boi de barro, um garajau cheio de barro, cheio de boi de barro, na feira. Lá em casa, duas caveiras de boi, muitas caveiras de boi, as ossadas alvas e meu gibão de buracos, meu peitoral sem enfeite, sentado na beira de lá, as vistas duras nas cascas de ovo enfiadas nas pontas das árvores e das varas. Ai, um boi de barro, um boi de muito barro que eu comia, todas as cores, um dia eu morro e a laranjeira murcha, ai, mãe, um boi de barro. Meto um dedo no ouvido bem de leve e devagarzinho vou sacudindo, vou sacudindo e solto um aboio alto pelos ares. Mas ninguém escuta, não tem boiada, o meu aboio é oco. Nunca fui vaqueiro. Mas mesmo assim solto aboio bem alto e o dedo quase arranca a orelha e olho o chão e fico triste.

III

Porque achei que estava com um bicho no dedão do pé, demandei sinal com a vista e não enxerguei nada, mas fiquei um tempo só pensando em nomes de lugares atoa, pelaqui pelessas redondezas mesmo, Planta de Milho, Pedra Preta, Miramar, Cocomanha, uma ruma deles, mor parte quase que não havendo, somente com suas duas ou três casas de sopapo, outras só de vara, e um povo desengordado, andando se arrastando e com a cara no chão, e porque acabei me achando meio besta, só mirando o dedão do pé daqui de longe, enfiei a mão no meio dele e do barro do chão e fiquei coçando manso, beliscando a carne. Meu pé está todo fumbambento, também quase que só vê bota há não sei quantos dias, nem me alembro, e essas aveias todas aparecendo, e as meias, quando saíram, saíram derretidas nas pontas como farofa dágua. Repare ou não, tenho de esticar os pés para riba rumo ao oitão e deixar tudo tomando vento, abrindo bem os dedos para arejar bastante e livrar o budum, que está uma novidade. Mas não tem onde encostar as costas nessa varanda grande, de maneiras que é botar os pés de novo na terra e tornar a espiar eles, agora mais de perto, com muita atenção. E estava nisso assim, quando senti o bicho, uma coceira funda que nunca passa. Dei mais uma beliscada e agarrei bem no onde ele estava enfincado. Não que eu tenha disposição de tirar bicho-de-pé agora, porque preferia mais não fazer nada, possa ser enrolar um cigarro bem sem pressa, ajeitando e desenrolando outra vez, até a forma ficar toda redonda no meio e chata nas pontas, e seguir a umaça, que é muito fácil e bom, nesse ar parado, ou ficar pasmando aquele boi laranjo que lá se encontra-se, detido e balançando o rabo, está um ótimo boi. Mas ninguém sente um bicho-de-pé sem se ver na obrigação de tirar. Ele fica ali como se a gente fosse pasto, cevando na gente. Sempre tem alguma coisa para obrigar um cristão a sair dos seus precatos. E tive de tirar o papel das agulhas de debaixo da cartucheira e abrir sem deixar desparramar as linhas e escolher uma agulha olhando contra a claridade e lamber a ponta muitas vezes, para tirar a reima. Depois, cruzar a perna encostando o peador no joelho, para pegar boa posição, segurar o dedão e retirar o bicho com a ponta. Tem que se romper a pele, mas não se pode romper o bicho, que senão nasce vários, é uma tabuada. A desgraça do couro do dedão já parece casca de tangerina, todo fofo. Esfrega o dedo e vai soltando as lascas, tudo podre. Uma catinga notável, vou ter de esfregar limão e cinza nessas partes, é o jeito.

Esse diabo dessa peste dessa menina fica me assuntando de lá. Ainda ontem, pensei que estava ximando meu beiju e dei um beiju a ela, embora ali tivesse beiju de dar de pau, não sei por que ela ia querer logo o meu. Quer beiju? Não queria. Acho uma menina grande demais para estar andando de califom pela casa. Já está cheia de corpo. Amaro viu ontem e disse: Deus lhe crie, benza Nossa Senhora. E ficou de olho pregado no assento dela, pensando besteira. Eu disse: Amaro, ói. Que nada, oxente. Que nada oxente, que nada oxente? Que nada oxente tu vê depois, quando o homem reparar que tu está com inten-ção na filha dele. An-bem, não lhe digo. Mas ficou com uma tiririca na mão, fazendo rolete com o corneta de aço, depois botando em fila e chutando com o dedo. Como quem não é com ele. Bom, não sei. Outras feitas, vem ela de timão, com os peitos se vendo por baixo. Não sei. Isso não gosto, dá sempre distúrbio. An-bem, não é comigo, filha sem mãe, sem irmão, o pai metido no meio das vacas. Tinha um irmão mabaço. Dizem, nunca vi. Morreu de mal de sete dias. O embigo estuporou, botaram estrume em cima, mastruço pilado, nada foi. Endureceu todo, não tinha esse que vergasse, e enterraram em pé. Meio acocorado, meio em pé. Dizem, nunca vi. Por mim. Por mim, eu vou embora assim que chegar Elevaldo e disser: pode ir. Vou logo. Isso aqui me dá uma agonia, ainda mais com Amaro cortando tiririca, mordendo tiririca, lascando o dedo na tiririca, uma agonia. E olhando o novelo da menina. Não sei. Já é mulher, deve ter uns treze anos, possa ser catorze, o oveiro já está rebaixado no ponto de mulher. Pois a tal fica aí, de olho duro em mim.

— Tirando bicho-de-pé, seu Getúlio?

Não gosto de me chamarem de seu. Ora, pustema, o raio da divisa para que serve? Estou tirando bicho-de-pé, não sei mais o que eu podia estar fazendo com uma agulha na mão e o pé para cima, só se quisesse costurar os pés. Não gosto do jeito dela, tem uns olhos muito mexidos e a cara de sonsidão e as mãos sempre ajuntadas na parte de baixo da barriga. Arre. Não gosto. Pior é que ele também fica espiando e dá risada. Tresantontem, vi ele dando risada para ela e ela dando risada para ele. Quando dei na senvergonheira, ficaram um gelo. Quando eu cheguei, avisei logo: tranca esse cabra no quarto menor, bota um pinico lá dentro, manda Osonira Velha levar comida e amarra ele na ripa. Primeiro dia, deixaram. Segundo dia, já ficaram com pena, ele parece muito fino, com seu ginásio e tudo. É uma finura. E Osonira Velha, aquela vaca velha surda, fica falando, coitado que está com as mãos cortadas da corda, coitado que não aguenta nem se mexer, coitado que nem reclama, coitado que está com fome. Por mim degolava a língua dessa égua velha, peste, não vejo serventia nessa. Apuquenta, isso faz. Pois então ficou Amaro falando e seu Nestor falando, para mim quanto mais velho mais frouxo. Dizem que tem passado, esse Nestor, já fez acontecimentos. De mim, fico espiando quando ele sai todo encourado, e eu arrumado aqui. Vaqueja, passa com as vacas o dia todo que Deus dá. Parece de boa carne com a cara seca e esturricada e os olhos apertados. Quando volta, antes do banho, senta ali e cata as unhas uma por uma com uma ponta de solinge, bem devagar, bem com catilogência. Vezes ouve rádio, nem sempre. É, mas quase pede para soltar o homem, da mesma forma que Osorina Velha. Não sei por quê. Para mim esse peste é bicho, está virando bicho. Aí tiraram o homem do quarto, mas a amarra não dispenso. Deixo que nem uma mão de milho, mesmo que no meio da sala e, se quer andar, ande de laço no pescoço. Eu disse a seu Nestor: isto não é boa coisa, esse alguém. Disse: isso não é peça que preste. Isso não é gente. Para mim é lobisomem. Eu disse a seu Nestor: isso vira lobisomem, homem, isso quase acaba Ribeirópolis, homem. Não deu certo. É bicho mesmo, esse peste é um bicho. Sangrava logo e cumpria a missão. Não, tem que levar, é nunca de outro jeito agora. Agora fica no meio da sala, faz cumprimentos.

— Boa tarde para todos.

É uma finura. Como se nunca tivesse dado uma ordem de morte, como se nunca tivesse anulado uma urna, como se nunca tivesse um pecado nas costas, que tal? Por essa razão que o bandido sou eu aqui, eu que nunca dei tiro por trás de ninguém, nunca. Pois sou o bandido aqui. Arreceio que, se demorar muito tempo, termina ele saindo e eu ficando, como cachorro ruim, um capuco amarrado no pescoço, uma corda no pé. Já se viu. Tem um manguá ali, um manguá de sete oitavos, desses mesmos. Que faço que não tiro da parede e passo o rebenque nele, em Osonira Velha e quem mais aparecer e pronto e resolvo? Por que deixo tudo assim? Por que não faço nada? Isso é engraçado, a gente deixa os negócios acontecer, é uma graça. Agora o que se construi é ele contra mim e até Amaro dá sua parte e depois fica com suas tiriricas, mirando o rabo da menina com cara de cachorro que quebrou o prato. An-bem. É assim. Não tolero isso, fico uma chaleira fervendo, não aguento.

Bom, Elevaldo vem uma hora dessas, não é possível que não volte. Pegou a gente no caminho e quase que leva uma na testa, dado que apareceu de repente e eu estava mesmo que estava azul para dar umas providências no mundo e não gostei daquele jeito, mexendo nos matos sem avisar. Sabe, seu Elevaldo, que vosmecê deu sorte de eu não estar com o ferro na mão na hora que vosmecê despontou por trás dos matos, porque se estivesse não trastejava, era tunque, tunque, tunque, tudo num lugar só? No meio da testa num buraco só, e pelaí mesmo vosmecê ia? Me olhou assim. Não gostou. Deixe de besteira, Getúlio. Pois hum, deixe ele.

— Acontece que tem de deixar o homem uns tempos na fazenda de Nestor Franco.

De vez em quando, no melhor do gosto das coisas, quando a gente já se prepara para executar tudo, dar continência e voltar, vem uma coisa dessas.

— Vai dizer por quê.

— Os jornais estão fazendo um barulho danado, vai chegar força federal em Aracaju. O Chefe disse na rádio que não prendeu ninguém.

— Ele mesmo não prendeu, quem prendeu foi eu.

Isso o peste está de junto, ainda amarrado no pé de imbu, e dá uma gaitada. Certa feita, uma tia que eu tive viu o diabo junto de uma jaqueira a cuja ia cortar e a lâmina do machado soltou na hora e ela disse que diabo de machado ordinário e não foi assim que o bicho apareceu, um bicho imundo, um bicho preto, o pior bicho que já se viu, com um rabo e um fedor, e disse a ela, com a cara mais descarada, uma cara como só o diabo pode fazer:

— Me chamou?

Isso ele falando cantando numa voz de frauta. Diz que o bafo do bicho era tanto e a goela se via lá dentro, que era um nojo completo. Bosta pura. Só se benzendo, pense na cara, com aquela fala de diabo:

— Me chamou?

E aí se queixou que ela tinha chamado o machado ordinário com o nome dele e disse que não tinha nada que ver com o machado largar, que ele nem estava atentando ali naquela hora, mas que estava só de passagem porque ia atentar naquele dia era em Itaporanga e que isso não se faz de chamar assim sem mais o que um machado ordinário de diabo. Ela disse que não tinha chamado de diabo. Eu disse foi quiabo, não foi diabo. Foi quiabo nada, mentirosa, disse o bicho, e aí deu dois tapas estralados na cara dela, diz que foi dois tapas desses de rolar no chão, com aquela mão preta, imunda, de diabo mesmo. E ficou levantando a saia dela e dizendo as piores coisas com a cara mais debochada, como somente o diabo mesmo pode fazer. Ela disse que ele disse a ela:

— Me chamou? O meu nome é Erundino.

Era um diabo diferente, que nem era lucifer nem era belzebu nem era satanás nem era bute, mas era esse tal de Erundino. E ficou naquela dança, o meu nome é Erundino, o meu nome é Erundino. Bicho imundo, bicho preto, só vendo, um diabo. Foi sorte que ela se lembrou-se de uma reza, meu São Ciprião, as três cruzes de Davi, os três sinos de Salomão, as três lágrimas de Madalena, as três chagas de Cristo e foi rezando, foi rezando, até que teve a posição para pisar no rabo da assombração, um rabo de ponta como uma flecha de índio e então deu-se que ele papocou e sumiu, contudo deixando uma catinga que ficou naquelas brenhas mais de vinte anos, não havia quem pudesse passar sem estontear. Pois, quando eu vi o alguém dar aquela gaitada preso no imbu, foi o que me veio na cabeça foi o diabo que minha tia encontrou. Estava ali, sorrindo com os dentes brancos, e ainda falou:

— Seu Getúlio, vamos esquecer isso. Olhe, eu me retiro de volta para Paulo Afonso e fico na Bahia e vosmecê vai para onde quiser e tudo esfria e fica na santa paz.

Sim. Para mim é bicho, posso crer. Elevaldo trouxe ordens, não tem como desobedecer. Mas antes comuniquei ao alguém:

— Vosmecê faz favor, não fala. Aliás, posso dar com a coronha do fuzil nos dentes de vosmecê e até gostava que vosmecê xingasse minha mãe agora, para eu ter uma desculpa de pegar esse rifle daqui e dar duas na sua cara, não sabe?

Possa ser que o Elevaldo não tem culpa nesse assunto, possa ser que o melhor é aquietar, mas a cara dele me deixa com essa vontade de ficar na violência, não sei o que é que ele tem na cara. Se vosmecê tivesse um panarice no nariz, eu gostava de dar uma porrada bem atravessada, bastante de com força, sabe disso, até curava, porrada de fuzil é especial para panarice. Perguntei a Elevaldo se não era melhor terminar o serviço logo ali na hora mesmo, até disse bem alto como era a execução. Queria que o coisa ouvisse tudo, ainda mais porque fazia jeito de que não estava aí nem ia chegando e tinha uma confiança. Eu disse: a gente podemos enforcar, que isso não vale nada. Elevaldo ficou olhando ele como quem assunta se era bom ou não. Aquilo também não é bisca, esse Elevaldo. E Amaro saiu do hudso esfregando a cara, passando cuspe em jejum no pitombo que ele tem na testa e perguntou se não ia ser que a gente não ia dar um fim no bicho naquela hora. Porque se vai dê logo, disse Amaro, que é para não ficar nessa aporrinhação de manhã cedo. Elevaldo disse nada, deu uns tuncos. Essa altura, o espécie parou de amostrar os dentes sentado na raiz do imbuzeiro. Ah, parou de rir, cabrunquento? Viu a vida? Hum. Melhor pensando, enforcar é trabalho por demasiado, porque a corda que tem aí na mala da viatura é fina e é bem capaz de, em vez de enfocar, arrancar a cabeça fora e aí ficava um serviço porco. Lhe digo melhor, seu Elevaldo, vosmecê que entende dessas coisas de medicina, não é melhor dar sal grosso até os rins estuporar? Porque se não vinher com muita água é o que dá, embora seja devagar e haja choramingação. Vosmecê acredita que ele vai choramingar? É bom, que até ele fica conservado na salmoura. Elevaldo só olhando, nos tuncos. Fazer o seguinte: mela o homem de mel nas partes e manda um bezerrinho novo para lamber. Vai acabando o mel, vai botando mais. Assim morre bonito, dando risada. Olhe, enterre vivo de cabeça para baixo. Aliás, as duas coisas. Sal, porque foi isso que ele botou na terra dos Paraíba, em Ribeirópolis. Bezerro, porque foi isso que ele matou, um por um. Foi ou não foi, peste? Se foi. Na hora, estava todo mangangão, não estava? Agora, veja o que eu faço. Mas Elevaldo parece que ficou com pena e disse que levemos o homem para a casa de Nestor, que já estava avisado e que voltava para dizer a hora que a gente levava o cabra de volta. Talvez pelo rio, evitando estradas, ia se ver. Botamos o homem em marcha até a casa, atrás do hudso, e Amaro estava muito alegre, porque olhava para trás quando em vez e dizia: marcha soldado, marcha soldado. Na primeira vez, disse marcha soldado cabeça de papelão, depois disse cabeça de macarrão, depois cabeça de mamão, depois cabeça de camarão, depois cabeça de capão, depois cabeça de manjelão, e assim foi, até que se chegou na casa e se instalamos e eu estou aqui com essa me olhando e querendo saber se eu estou tirando bicho-do-pé. Um fastio aqui. No começo, mascava um queijo de cabra ardido, por falta do que fazer, hoje só como de fado, passo as horas estendido na varanda, nem sei quantos dias tem, Amaro corta tiririca e desmonta o motor do hudso e assovia a mesma música, às vezes canta. Não entendo direito, porque Amaro enrola a língua, não sei o que é: até o sol (isso entendo: até o sol). Até o sol ipiaça invadiu a vidraça e o retrato dela icoiou. Deixe examinar isso. Até o sol ipiaça invadiu a vidraça e o retrato dela icoiou, que merda é essa não sei. Perguntei a ele. Até o sol ipiaça, que vem a ser? Não sei, disse ele, aprendi assim. E o retrato dela icoiou. Acho que as músicas devia de ser feitas para entendimentos, assim não. Amaro sabe diversas, mas tem costume de pegar uma e não tirar da boca, e aí fica o dia todo naquilo só.

Bonequinha linda
dos cabelos louros
olhos tentadórios
lascos de lubila.

Perguntei que vem a ser lascos de lubila, também não soube, parece mesmo que não gosta que eu pergunte. Acho despropósito cantar uma coisa que não se entende e disse isso a ele, mas ele não quer saber, lascos de lubila, lascos de lubila, nunca ouvi isso. Só ele mesmo. No normal, não me incomodava, mas quando só se tem mugido de vaca para escutar e cheiro de curral para cheirar e não se sabe quando vai se sair dessa pasmaceira, não se aguenta uma coisa dessas. Amaro gosta de palavras. Fica repetindo uma porção sozinho, feito maluco, acho que só para sentir o gosto. Antes deu tirar o bicho-do-pé, quando nem tinha começado a desfivelar as botas, chegou e disse, com um rolete de tiririca no meio dos dentes:

— Se a gente levar o homem agora para Aracaju, vai ser uma poteose de tiros.

Mas, mas veja, mas olhe. Mas, mas homem. Disse assim e até tive vontade de dar risada, porque Amaro usa um dente sim, um dente não, vai acabar perdendo tudo. A boca é engraçada, como dentes cavados numa casca de melancia. Que vai se fazer. Não resta nada para fazer, não ser mesmo um cavaco assim com os dentes de melancia, mas, quando o tempo é grande como aqui e se espicha pela tarde como que não vai acabar, até a conversa parece coisa do inferno, traz impaciência. Amaro ou fala de mulher ou fala de Charuto do Cotinguiba. Fala no pontapé de Charuto. É um chute, fica dizendo. Cada chute. Furou a rede do time da Passagem, deixou a marca ali. Furou a rede de diversos, fez e aconteceu. Ora, Amaro, an-bem, não gosto do Cotinguiba, em primeiro lugar, não gosto de Socorro, que é uma terrinha mirrada, cheia de pivetes fugidos da Cidade de Menores, em segundo lugar não gosto de time azul, em terço lugar não acho que Charuto, com aquelas pernas de jaburu e aquele nariz de ponta possa ser bom chutador, em quarto lugar cale essa boca arreliada da gota, aviu, time é o Olímpico, aviu. Bom. Nunca nem vi direito a camisa do Olímpico, só me alembro daquelas rodas enrascadas umas dentro das outras nos peitos dos jogadores, mas não posso que não ficar falando, que mais se pode fazer. Nos princípios, vem raiva de Amaro, os buracos nos dentes e a fala mole de muribequense, mas depois o tempo é tão grande e nada mais se ouve senão as vacas de curral e a quentura abafa tanto e nada mais se ouve, que fiquemos ali, só falando por falar, por meio dumas grandes paradas na conversa, enquanto espiemos o ar. Deitado numa tarimba velha, de noite, também sem dormir, tem uma conversa mansa. Que mais? E Amaro só Charuto isso, Charuto aquilo, porque Charuto, porque isso e mais aquilo. Certo, certo. Umas horas aparece umas jias no chão e a gente espiemos as jias como se a gente nunca tivesse enxergado uma jia nesse mundo de meu Deus e se aproveita para conversar de jias, sem muita direção. Assim: Amaro diz: já viu como uma jia é branca, repare que bicho branco. Aí eu levanto a cabeça da tarimba, tapo o olho por causo do clarume do fifó nas vistas e espio a jia. Demoro um tanto assuntando a jia, que fica lá desprecatada, esperando algum vaga-lume, sem dúvidas. Aí eu digo a Amaro: tem razão, é um bicho branco danado, de cabeça assim ninguém dizia que era branco desse jeito. Aí ele sacode a cabeça e diz: é um bichinho tão branco que parece pintado, hem? Aí eu levanto outra vez, espio a jia e digo: parece até pintada, de tão branca essa jia, hem Amaro? De fato, Amaro diz, branco assim só pintado. Aí ele olha mais a jia e eu olho também, de cada vez um dizendo uma coisa um cadinho diferente. É branca. Na luz se vê as tripas. O vaga-lume acende dentro da barriga, quando ela engole. Depois, vai logo faltando iluminação nele e ele vai apagando, até apagar. Amaro diz que a jia é parente de sapo. Todo mundo sabe disso, Amaro. Me diga-me, esse hudso não vai ficar encrencado no meio da rodagem? Que encrencado, meu santo, que encrencado? Esse hudso é americano, hem Amaro? Vi dois americanos uma vez, uns vermelhos. Tem preto lá, hem? Não existe. A Bahia não fica na América. A América fica para lá da África, é bastante longe. E fiquemos nisso um tempão, até que eu quero treinar uns tiros na jia e Amaro diz que vai fazer buracos demasiado no chão e vai causar um esporro descabido. Por essa razão, fincamos o olho na jia e ela quieta ali calada jiando e não damos tiros nela e acabamos tendo de dormir naquela soaeira besta. Amaro achou um livro marrom e ficou tencionando ler. Tinha uma frase: o discurso sem verbo. Mas não gostou do discurso e logo rodou a rosca do fifó com o dedão e foi dormir. Deve sonhar com uma jia dentro do hudso.

Pois então com esse bicho na ponta da agulha, posso queimar com fósforo. Nem trasteja, não dá tempo. Dá, sim uma torcidinha de banda, nham-nham, uma esticadinha e fica logo preto. Deixou um bom buraco, isso posso garantir, e aí carece atufar de terra para não sinfetar. Às vezes fico retado, quando me vejo fazendo certas coisas, um homem como eu aqui sentado, coculando terra num buraco do dedão, sabendo que não vai ter mais nada que fazer depois. Podia ir para lá com seu Nestor, mas não me dou com vacas. Não gosto de boi de perto, é um bicho burro e anda de cara baixa. Do mais, não posso deixar ele aqui, com essa de frete com ele, porque pode soltar, isso tenho certeza. Se solta ele, eu levo ela, isso pode botar a mão no fogo, que eu levo.

Mesmo porque não vi nada antes de rebentar a pamonha. Estou aqui bendomeu, coçando meu dedo furado, quando vejo os gritos na sala e é gritos de Osonira Velha, minha Nossa Senhora do Perpeto Socorro, meu Bom Jesus de Pirapora, não sei que tem mais lá, e que vejo assim naquele arrupeio todo, e que quando vejo assim uma porção de destampatórios da parte de Osonira Velha que destapo pelo batente da porta arriba e que seguro o cano longo no sentido da fuga do homem e que vou virando na batente já com o aço enrístio para frente, que vejo é a menina segurando as partes com a mão e toda encolhida com cara de atocaiada e o alguém todo descomposto, exibido na frente. Logo que vi, parei.

— Estou lhe dizendo, seu Nestor, tivesse uma faca na mão, tinha cortado logo. Estava um destempero.

Pois até que não foi, porque eu até que tinha a faca da bota e era uma boa faca, por falar. Mas não vi senso nisso. O homem ainda estava amarrado, mas tinha achado um jeito de se abrir na frente e agora o que ia fazer era que ia se aliviar com a outra. E só não fez sua tenção e teve de ficar com o de encarcar balançando no vento porque a bainha escapuliu, na hora que apareceu Osonira Velha. Com isso ninguém contava, porque a peste da velha essas horas já devia ter batido sua légua e meia para casa, só que nesse dia atentou que tinha que ficar e pegou a safadeza.

— Olhe, seu Nestor, o fato é que a menina não queria e ele ia pegando apusso.

O fato é que ela bem que queria, deve ser ela mesmo que abriu o homem, porque as mãos não podia mexer bem naquele estado de amarração. Mas ela vastou e ficou berrando de solúcios: ela não quis, pai dela, ela foi dar água e ele agarrou ela, ela é donzela, ela estava quieta no canto dela.

— É fato, seu Nestor. A menina estava no canto dela, quieta. O peste é ruim, para mim é bicho.

Sim. Boto um dinheiro como ela encostou lá por primeiro. An--bem, chu. Quem freta e desliza é barcaça. Estou aí, estou assistindo e não posso garantir que não gostei de ver seu Nestor sacudir a cabeça de um lado para o outro, assuntar a descompostura do homem. E ele todo sem nem saber como era a cara que fazia, nem se olhava para cima ou se olhava para baixo, se mordia os beiços, se falava, se nada, nada.

— Tire a mão da frente, cabruquento. Não queria mostrar? Pois pode mostrar.

Essas alturas, murchado, não está vendo logo. Eu não queria ser ele. Mas seu Nestor só falou duas coisas alto e deu com a mão na menina e eu e Amaro fomos ajudar a segurar para dar umas porradas nela. Merecia. Mulher que viu homem nessas condições é rapariga. Ou vai ser. Punitivos é bom. Por isso que seguremos um pouco, ao que o pai dava o castigante com o mesmo manguá que eu olhei e aparava na mão crua, com a canhota, quer dizer que era em cima e embaixo. Mas não teve precisão de segurar mais, porque aquele manguá era dos de amansar burro, de maneiras que ela amunhecou e ficou ali no canto dela. Boa taca e manejava bem, sem curva muito grande, só quase que de munheca, mas batia bem. Osonira Velha foi botar vinagre e sal em cima. Carecia. Homem nenhum uma filha assim não apreceia, mesmo pensando que não foi ela. Diabo de mulher tem querer não, mesmo, pronto. Demais, vinagre e sal cura ligeiro, fica só uns vergãos, manhã esquece, pode crer. Agora é não falar mais nada e agradecer ter pai bom, que não jogou logo no mundo, para seguir a carreira de mulher dama. Eu mesmo sabia que só podia sair nisso ou noutra coisa disso, aquele frete. Aquele timão em cima da pele. Afinal, homem nu com mulher nua um vai cair na pua, está dito.

Agora que aquietou, seu Nestor chamou nós dois para sentar na varanda e sentamos na varanda eu enrolando um cigarro e Amaro cavando o chão com a ponta da bota num traço bem comprido e seu Nestor segurando uma faca. Eu disse: por mim podia sangrar logo, mas vai ter de sangrar em Aracaju. Isso é boi de matadouro é animal cheio de ideias. Não pode morrer no mato. Assim mesmo, não sei se nem em Aracaju, ele é despachado. É todo importante, está um sistema, os jornais, tudo. A política está mudando, eu disse, está ficando uma política maricona. Mas seu Nestor não estava escutando, porque nada respondeu e, quando eu vi que nada respondeu, também calei minha boca e fiquei no aguardo, ali. Também pouca coisa mais tinha que fazer, era esperar. E esperar esperamos, porque ele estava sem pressa. Tinha que pensar bastante no que devia de fazer. Se algum estava avexado não era eu nem ninguém, era o da sala, que, em vez de sentar, ficou caminhando até aonde a corda dava. No começo, quis falar, armou discussão.

— O senhor precisa me escutar-me. Isso é um problema que pode ser explicado.

Vá explicar na casa da puta que pariu, disse seu Nestor, e levantou até lá e deu com o joelho nos quibas dele duas vezes. Assim amansa, não vou discutir com cabra safado, aviu. Voltou e sentou na cadeira de vime e deu de balançar em cadência, olhando duro na frente. A moça o senhor manda para o convento de São José, disse Amaro. Lá depura. Sai velha e esquecida da memória. Ou então bote num daqueles que tem grades e que ela só pode falar pelas grades e nem não vê ninguém, eu acho.

— Por mim morria, seu Amaro. Por mim não existe.

An-bem, todos calados então, de quem era a filha se não era dele. Só depois de mais tempo ainda é que demonstrou suas ideias.

— Impossível matar o homem, pode vim alguém aqui. Não suporto ninguém me tesourando.

Certo, certo. Podemos surrar.

— Porém, vou deixar ele roncolho. Vosmecê queima?

— Eu nunca queimei nem ovo de bode, quanto mais.

— Não tem dificuldade. Encosta o ferro quente. Fica um pouco de um cheiro de carne esturricada, mas tem precisão, porque pode sangrar demais e o bicho morre de esvaição. Assim, faz a queima logo e sara, que fica ótimo.

Amaro disse que podia amarrar um fio de cabelo de rabo de cavalo na raiz do quiba, que ia apertando, apertando, até ficar como massapuba. Justo, disse seu Nestor, mas aí ele pode tirar, numa hora de desprecato de quem tiver olhando. Mas é o melhor, disse Amaro, é assim que melhor se tira berrugas, nem dói, só desconforta um pouquinho. Cortar pode resvelar e cortar logo tudo, dá um estrago. Não tem homem que fique quieto direito numa hora dessas.

— A gente avisa: olhe, se chiar, enfio um pano na boca bem atufado e pode lhe afogar logo de vez. Melhor se conformar, porque o destino não se engana. Também não fique se mexendo, que dificulta. Deixe que eu corto um corte só, na raiz, nunstantinho.

— Também pode dar com a mão do pilão, não precisa nem enrolar, porque já tem embrulho no natural. Pode ir pilando, pilando, até esfarinhar por dentro e aí deixa, que vai inchando e rende. Fica um espotismo de cunhão, pode dar até no joelho. Sei de um velho em Aquidabá, por nome Manoel Joaquim, que tem um assim, o direito, que é direitinho uma abobra dessas compridas e ele ali pode fazer todas espécies de serviço sem susto, só que as pernas das calças tem que ser mais folgadas um pouco, para poder entrar. Vi diversas vezes, é interessante. Lá em Aquidabá não tem nada para fazer e seu Manoel Joaquim gosta muito de prosar e fica com aquele cunhão inchado nas calças, que nem um saco. Mas rendeu de moléstia, não foi de pancada. É uma doença que dá, que incha os ovos e daí não tem mais jeito.

— Não, que o vivente pode esfalecer e não tornar. Ou ficar abilolado para todo o futuro.

Mas olhe que para um alguém que estava um pouquinho todo alterado, no vício mesmo, ver a pajéu do velho retinindo de amolada, coriscando na mão, para separar um ovo do criaturo, olhe que é preciso ser muito macho para não se ajoelhar. Mas ele não, agora que reparei, dava umas parenças de tão cansado que nem era como se fosse com ele. Estava lá, acho que se mandasse ajoelhar ajoelhava, se mandasse arreganhar os quartos arreganhava. É bicho, pode crer. Udenista é gente, sió.

E fiquemos considerando a maneira de esmochar os balangandãs do homem, um saindo para ele sentir e um ficando para ele lembrar, mas todas algum achava defeito, se era no sangramento ou bem era no resultado, ou bem nas perguntas que iam fazer, quando chegasse em Aracaju. Eu mesmo nada vejo demasiado que um udenista chegue em Aracaju roncolho. Isso eu mesmo, mas tem quem repare nisso, tem quem repare em qualquer coisa. Para mim ele é bicho, não faz diferença. Lá, até parando de andar por volta e meia e ficando estancado em pé, como cavalo, com a testa para riba, às vezes nem parecia que a conversa era com ele, às vezes esfregava as mãos mas não falava nada, porque seu Nestor ia lá e dava com o joelho por baixo dele toda vez que ele falava, de maneiras que deve ter achado melhor virar mudo.

— Assim vosmecê capa o homem antes da hora.

Isso vai esquentando ele, disse seu Nestor. É um preparo. É bom que ele vá sentindo, porque nessa casa homem que não eu só saca a vara para verter água e mais nada. Não gosto deste negócio, não admito falta de respeito.

— Isso é.

Mas já era bem de noite e só tinha grilo e sapo, sem ninguém resolver. Seu Nestor, melhor o homem ficar inteiro. Minha obrigação é entregar o preso inteiro.

— Vosmecê me desculpe, inteiro daqui é que ele não sai. Veja se ele pensou em deixar a menina inteira. Não é Osonira Velha, se aprofundava-se todo, fazia uma feirinha de Natal.

Bom, o jeito é resolver de outro jeito. Ô Amaro, batendo a cabeça no vrido do hudso, quebra o vrido? Amaro disse hum-hum, quebra não, aquilo amassa que nem quebraqueixo, pode até raiar um pouco mas não quebra assim com uma nem duas, é vrido safeti. Então já sei, então digo que o homem bateu com a cara no vrido, depois de dar dois tombos na estrada. Qualquer estrago na cara está explicado. Ele que diga que não foi o tombo, que é a última coisa que ele abre a boca para dizer. Vosmecê tem um alicate aí? Que eu arranco dois dentes da frente dele. Arranco dois de baixo, dois de cima, que fica mais certo. Assim ele assobia e cospe bem, hum? Primeiro, dou de coronha atravessada nos beiços, que amorteceia, amolece e ele abre a boca mais fácil. Depois, puxo de uma, puxo de duas, puxo de três e arranco. Isso não tem dificuldade, os de baixo puxa para cima direto e os de cima puxa para baixo direto. Resistindo, sacode de uma banda para outra, até vir. Seu Nestor trouxe um baú de folha, aquilo assim de ferruge, tão assim que abriu com um roncor devagar, e deu o alicate. Esse, não muito melhor, um negrume. Achei que ia estrompar as gengivas do coisa. Acho que vai estrompar suas gengivas, coisa. Vosmecê desculpe, não tem outro, mas é isso ou capação. Vá entendendo, viu, esse menino?

— Vosmecê sabe o termo bonito para arrancar dente? Vosmecê não quer abrir logo essa boquinha de bunina? Ôi peste, ôi peste!

Aí inverti a arma, encarquei duas vezes no beiço do alguém e arranquei quatro dentes de alicate. E deixei.

IV

Nem nunca pude pensar que Amaro soubesse essas rezas, nem muito menos que esse padre de Japoatá fosse botar os três ajoelhados e rezando. O padre eu não conhecia. Só de nome, e quando vi, pensei que não fosse padre, pensei que fosse um avariado maluco, fazendo de padre. Ou manifestado, pode sempre estar. Ele fala depressa e grosso, não se entende quase. Mas se sabe por que se chama o Padre de Aço da Cara Vermelha, porque demonstra a dureza e porque tem uma marca vermelha trespassada pela cara, a cuja marca vermelha fica mais vermelha agora, menos vermelha indagora e assim vai, conforme. Sabia que a gente estávamos chegando e que era forçado abrigar, mas ficou todo monarca na porta, com os braços cruzados, sendo que era para mais de onze horas da noite e nós no mundo há não sei quantas. Espiou pela atrás de uma grade de pau que tinha no meio da porta do lado da igreja. E ficou espiando, nem chite nem chute, e eu e Amaro que vinha escarreirados e mais o traste que vinha próximo de arrastado, com as caras desgueladas, na porta. Inda mais que a gente estava de disfarce de capote de capuz e o trem amordaçado atrás, gemendo por causa da dor do lenço nas gengivas, que o alicate não era mesmo para tirar dente e tinha ferruge e deslizava, de maneiras que a extraição foi puxada e desvaziou gengiva que não foi graça e fiquemos o tempo todo com medo dele morrer logo sem o punitivo esperado e havia um nervoso, porque a hora não era de molequeira, com um tenente defunto e degolado e mais uma porção de cabras no tiroteio e um sarseiro completo na fazenda de seu Nestor e isso tudo ele devendo de saber e de braço cruzado. Ora, pode ser padre pode ser frade, pode ser freira pode ser bispo, pode ser santo pode ser anjo, pode ser imagem pode ser profeta, mas numa hora de precisão como que fica ali só espiando, que parece um ano. Não que parece um ano; parece um dia, que o ano passa depressa, mas o dia passa devagar. Começando, espiei também, segurando o cabo do revólver com a mão e encostando a cara na grade dele, mas ele não desencostou, só fez alevantar uma vela de promessa e alumiar a cara dele lá, que não era boa cara, mas uma cara toda vermelha, uma cara toda vermelha e embolada, crequenta. Parecia mais um cão, olhando assim. Mas fitou-me fixe, ali olho com olho, e o meu bem arregalado, para dar testa. Baixei o capuz e botei a cara no lume e dei um arrasto no coisa, vem traste, só sabe gemer por baixo dessa mordaça, aprenda jeito de homem, olhe o padre, tome a bença do padre, estava todo meio abestalhado com a situação, parece que levou horas. O padre terminou dizendo ô de fora, ô de fora, com uma voz de gruta. Tinha como que uma goiva na cabeça, que trempe é essa não sei, petrechos do padre. Ô de dentro, eu disse, ô de dentro, ô de dentro. Getúlio, pois não. Getúlio de Acrísio Antunes, Antunes do pecidê, pecidê desse Sergipe, Sergipe desse mundão, mundão que está esquentado, esquentado que vai derreter, ora merda, seu padre; ei seu padre, que não abre essa castanha dessa porta, vai abrir ou temos que nos pisarmos para Pacatuba ou Pirambu, mas se a missão não der certo quem não deu certo foi vosmecê. Padre avariado, pode crer. Ô de fora, ô de fora. Ô de casa, ô de casa! Quer que toque o sino? Ô de casa. Ô de igreja. Nestor morreu, o padre foi perguntando, sem abrir a bendita porta. Não morre fácil, disse eu, porém acho que está dando um fim numa ruma de gente lá, acho que está uma mortandade na Boa Esperança, porque quiseram entrar apusso nas terras. Mas logo eu conto a vosmecê, por que vosmecê não abre a porta?

— Em nome de Deus — disse o padre, abrindo a porta.

Entremos e tinha um cachorro preto e o padre de goiva e camisolão, e arreada no ombro pela passadeira vinha uma de dois canos serrados e cãos puxados, que ele aguentava no subaco e no cotovelo, mirando em frente. Nunca vi uma dessas igual, seu padre, me diga-me, esses dois cãos não estão puxados? Estão, disse o padre, e se der um trompaço eles batem e vai ser uns pipocos. Tem boa carga aí, acho que os dois de vez joga um bom macho avoando para trás umas quatro braças. E vosmecê não acha que esses cãos vosmecê devia de encostar devagar nas espoletas, vôte, deve dar uma porrada de umas quinze arrobas para mais. O padre alisou o lado da bicha devagar, empurrou o catapiolho em cada cão bem devagar e fazendo uma caretinha e descansou a bicha. Mesmo assim, disse ele, avirando os canos para o chão, ela atira, com um pouco de força. Os cães sobem e descem, como num revólver. Mas dentro da igreja eu não atirava, porque deixava de ser igreja, não se pode matar dentro da igreja, mata--se lá fora. Inda porém tem muito cerca-igreja nessa terra, de modos que não se pode facilitar, não tolero caceteiros. Teve um tempo que se fazia eleição na igreja, disse o padre, aí, aí é que era preciso muito preparo, disse o padre, enfiando o cano da espingarda pelo meio do buraco de trás dum banco e deixando lá. Ficou como quem estava falando sozinho, olhando para cima e para os lados, mais para cima.

— Um tiro aqui desses despenca tudo. Não fica nada. Não tenho dinheiro para escorar.

Passou uns tempos assim, com a mão na cabeça do cachorro e conversando sozinho, porque não tinha dinheiro para isso, não tinha dinheiro para aquilo.

— Isso é uma porra — disse o padre, levantando os braços duros para o lado e descendo para bater forte nos quartos. — Desce todo mundo para rezar.

Todo mundo desceu nos joelhos, nem nunca pude pensar que Amaro soubesse essas rezas todas, eu mesmo não sei. Amaro principia uma reza alta. Cale essa boca, disse o padre, alto só eu. Tivemos antes de tirar a mordaça do coisa e Amaro queria tirar devagar, visto estar colada no meio das gengivas, mas assim não acabava mesmo. Por mim não tirava, o bicho acho que não vai poder falar mesmo, nem para rezar, está com a fuça toda inchada da operação e não sei nem por que rezar vai ele. Deus é contra os udenistas, sempre digo, comunista não tem Deus. Mas Amaro foi tirando e o trem só chiando, chiando, inclusive aquilo não estava com bom cheiro, estava uma inhaca des-graçada mesmo, e o padre segurou a vela para olhar direito a cara do alguém. Acho melhor tirar de vez, disse Amaro, que assim dói mais ligeiro. O padre achou que ia dar sangue e apertou as bochechas do coisa para espiar. Que foi que teve aí no infeliz, sargento? Hum. Nele mesmo não teve, quem teve nele foi uma coisa de fora. Sim, sim. Taí. Que é que o senhor fez aí, sargento? Virgem Santa. Bom, por primei-ro bati a coronha nele para ele abrir a boca; depois tirei dois dentes de riba, dois dentes de baixo. Foi serviço ligeiro. Hum-hum, disse o padre, depois você me conta. Orêmus confitodéu ominipotente beatê Marié sempervirgi beatomicaéli arcanjo beato Jones Batista sânquitis apóstis Pedro é de Paulo ominibussântis etibipate cuia pecavinimis cogitatone verbetópere mea culpa mea culpa orare promé adidómino deunostri ameim. O coisa fez sinal de duas mãos, porque estavam amarradas juntas, quer dizer, um sinal saiu pelo avesso, não estou aí nem vou chegando, se amaldiçoe sozinho. Indugentum absolutônein é de remissione pacatorum nostroro tributinóbis omnipotes é de misericórdia dóminus. Muitas rezas. Eu rezei dois padrenossos e duas avemarias e depois não quis mais rezar, fiquei ouvindo o padre falando língua de padre. Só quero que não faça o bicho ficar bom de repente, mas acho que esse padre não é de milagres, só é de rezas e assim mesmo, de maneiras que sentei no banco e fiquei esperando o fim das rezas, fazendo tenção de dormir, mas não sabia se a igreja deixava de ser igreja se eu dormisse nela, e fiquei aguentando os olhos. Amaro está uma novidade, entertido nas rezas. Deve ser por isso que nunca bateu no carro, se fecha-se com as rezas. Tinha vontade de saber rezas assim. Me lembro do filho do chefe, que eu levei para tirar retrato de primeira comunhão, ele segurando uma vela com uma fita no braço, e tirou um retrato com uns anjos atrás, mas a mãe não gostou, porque saiu perfilado. Por mim. Perfilou porque quis, ele é que ficou de perfil.

O padre disse, alisando o camisolão, o padre da cara vermelha, e andando pelo meio dos bancos, andando meio nadando como um vaqueiro, e o peste nisso todo descomposto e arreado e as munhecas reladas pela embira que eu amarrei, um sono da moléstia, bom, disse o padre, depois das rezas pelo perdão dos pecados, depois botamos água e sal na boca do infeliz e arrumamos ele com vosmecês no quartinho do sobrado, por mim eu despencava ali mesmo naqueles bancos, mas manhãzinha o sacristão com certeza vem abrir a porta e começar a arrumação da primeira missa e não quero também amordaçar um sacristão, pode trazer desgraça, bom, disse o padre, eu mostro lá o quarto a vosmecês, tem duas camas de couro e um chão de cimento vermelho que pode forrar de esteira, dá-se um jeito. Ali mesmo, se pudesse, bem que eu emborcava e fico olhando esse padre, nem sei quantos anos pode ter, pode ter cinquenta pode ter mil, andando feito vaqueiro, deve ter sido filho de vaqueiro antes de ser padre, um pau dum homem que não tem mais para onde, chega a vergar, e também espiei o coisa com os beiços inchados: agora fazia lombo, bem que pegava umas porretadas nas costas do jeito que estava ali, hum, an-bem, ora merda, não compreendo direito, horas parece que esse padre é padre, horas parece que é usineiro, não sei direito, bem capaz de ficar cavacando a noite toda e o pior é que é gente branca da política, não sei, um sono, amanhã resolvemos, sargento, pegue o paciente. Como é, seu padre? Pegue o paciente. E foi aí que eu ri porque achei mesmo o bicho com cara de paciente e aí fiquei rindo com uma cosca na barriga que já dava até dor, fiquei achando tudo muito gracioso e até alisei o casco da cabeça do traste e dei um empurrãozinho. Vamos, seu paciente, doutor paciente, ôi, ôi. Apois não tem cara de paciente mesmo? Fico com vontade de fazer como se fosse um animal, siu aí, paciente, cada gaitada, mestre, siu aí, cada gaitada, ui. O paciente já se viu, é um paciente escrito. Essas alturas, se ele pudesse, me matava. Quer dizer, então não pode mais viver, que eu não vou existir com um cabra com sede no meu sangue, adonde. Agora, que se eu pudesse não botar água e sal no alguém, não botava, mas paramos defronte do purrão e depois o padre resolveu que era melhor água benta. Amaro foi buscar num jarro branco de metal, um metal espécie de metal de pinico só que o jarro era comprido, e o padre misturou com sal devagar e botemos e botemos e mais logo botemos o traste para mijar, que ele queria, e arrumamos ele na esteira, com mais embira nos pés. E lá ficou, muito instalado. Hem, Amaro, já viu como esse padre anda nadando pra baixo, como um vaqueiro? Hum-hum. Se dá-se bem com cama de couro? Aqui não temos jias. Me diga-me, ficou com o fiofó aprontado, quando viu a fraqueza do governo chegando lá na fazenda de Nestor, embalada que era uma armada completa, você viu, era uma grosa de machos aquilo, hem Amaro? Descubra isso, peste, que de tanto dormir ferrado um vem e ainda lhe sangra como aquela mulher de Campo do Brito sangrou o marido com ele roncando na rede. Isso é fato, chamou o feitor que ela andava empernada com esse dito feitor, ajeitaram o homem na rede, meteram uma bacia por debaixo e sangraram todo como galinha, o bicho ficou alvo, precisava ver. Quer dizer, eu não vi, o Chefe me disse, mas todo mundo soube disso. Pois um dia desses, leso como tu é, com essa barriga de purga prenha subindo e descendo, vem um e lhe acerta e não pense que não tem uns querendo lhe finar, porque tem, basta dirigir aquele hudso comigo dentro. Ô Amaro, esse hudso na porta da igreja e se aparecer a força aqui? Eu estava com sono, mas não estou mais, acho que vou carregar aquela de dois canos do padre e armar na janela. Um devia ficar acordado, isso era que devia. Ô fidumaégua, ô filho de uma mãe com vinte pais, ô condenado tu não acha que essas alturas já não está vindo uma força de cabras aí? Não sei o que está em Aracaju, Elevaldo não disse direito, mas está uma coisa qualquer, de maneiras que por mim essa viagem já está comprida, por mim a gente arreda o pé daqui, pede a bença do padre, enrola o paciente — ô Amaro, ele não tem cara de paciente? Paciente, paciente, doutor paciente, esse padre tem cada uma diferente, viu que ele soltou uma porra, será que porra é alguma coisa em língua de padre? A gente enrola esse paciente, mete atrás todo embirado e vai. Por mim, esperava recado na Barra dos Coqueiros, nem queria saber mais. Lá ninguém busca, eu acho, ninguém pensa que a gente vai ficar defronte de Aracaju, carregando esse traste bem na frente da cidade, bem na cara da Ponte do Imperador, olhando os siris da beira dágua. Amanhã não sei, pode ser. Bom, esse padre tem artes, mas se sabe. Pode fazer um par de rezas, pode sair com aquela de dois canos. Gostei daquilo, ele mesmo serrou, está bem serradinho mesmo, aquilo tem uma porrada de umas quinze arrobas, mata um boi, pode crer. Bom, se aparecer gente, faço questão de esperar atrás da porta desse sobrado, que é pegado mas não é igreja, espero bem assim atrás da porta e pico a zorra no primeiro vivente que atravessar a porta e esse eu abro um rombo da pinoia, êta caraio, catibum, um dois gatilhos, trá-trá, é só bater. Viu que dois burros de dois cãos, aquilo é peça antiga, aquilo não falha, não engasga, parece que tem libras de chumbo ali dentro, ou então não é chumbo, é cartucho especial, ainda pior nunca disparei um instrumento daquele, ai vida, ai vida, isso não é uma peste de uma vida, Amaro? Não se quieta o rabo. Também não sei outra, que diacho que eu sei fazer? Putamerda, Amaro, tu dorme fácil, eu não aguento. Acho que esse padre pode fazer umas rezas, mas possa ser que só sabe fazer reza de bicheira. Quer dizer, nunca vi padre fazendo reza de bicheira, diz que não adianta. Não adianta porque não precisa, padre não é vaqueiro, mas vaqueiro precisa e faz e as bichas cai, uma por uma, pam-pam. Me diga-me, Sergipe não é um sertão só? Não é? Ô terra, ô vida, siô. Não sei, essa cama de couro me dói o espinhaço, não dói o seu? Ninguém conversa, acho que sou eu que mais converso, mas pode crer que você assim estica a canela no primeiro dia que Deus der. Viu o cachorro do padre, eu tive um cachorro assim, quer dizer um cachorro mais ou menos dessa marca de cachorro só que mais grosso, que o nome era Logo-Eu-Digo, porque o povo perguntava o nome e eu dizia Logo-Eu-Digo e ficava calado. Aí passava um tempo e vinha a pessoa: como é o nome do cachorro. E eu: Logo-Eu-Digo. Aí mais tempo e a pessoa dizia: vosmecê não disse que logo dizia o nome do cachorro, como é o nome do cachor-ro, e eu dizia Logo-Eu-Digo. Homem, nem risada tu não dá, nem risada já se viu, é deitar ferra, acho que até em mundéu, se tiver um mundéu grande, acho que até em mundéu lhe pegam qualquer um que queira, Amaro, tu é uma besta, pois hoje eu não durmo direito. Amaro, passo de arapuca.

Não sei mesmo como foi que a gente pôde partir de Boa Espe-rança no meio daquele fogo, parecia um são-joão, eta. Embora antes estivesse calmo, ninguém dissesse pela cara de seu Nestor que tinha emergências naquela hora, porque ele chegou e apeou e ainda tirou os couros todos e pendurou devagar e, quando chegou no copiar, ainda olhou os pé, viu que trazia as esporas, entrou de novo, tirou as esporas, chegou, acocorou, levantou, tirou o fumo do aió, picou e disse: sabe? Eu que estava sem nada na ideia e Amaro que estava deitado embaixo do hudso, posso ter certeza que dormindo que não tinha nada para fazer no carro, e o preso que estava trancado outra vez no quarto, o que é que eu podia saber. Nada. Nestor só disse: sabe? E fez uma cara e ficou. Eu não falei nada e que dei espiando a feição dele, até que ele acabou de picar o fumo e informou que tinha uns vinte cabras ali e tinha mandado Carmolino arrebanhar nos pastos e tinha facãos e espingardas e um par de armas curtas, umas coisas dessas, e se eu podia esperar e sair pelo outro lado, depois que chegasse a força. Vem força, que peste é essa? Elevaldo não contou, disse Nestor, mas acho que a política entrou pelos contrários, mandaram buscar o homem. Esse aí? Esse mesmo daí. Bem, matamos o homem, ponto final, eles levam ele duro, espichado, pronto que acabou. Mas porém Nestor, que achava uma desconsideração que aquele povo chegasse pelas terras dele adentro, resolveu que todo mundo esperava até que a força desse na encruzilhada. Aí fazia resistência, até dar tempo da gente buscar guarida com o Padre de Aço. An-bem, disse Nestor, levantando com um cigarro aceso no bico e a cara enfarruscada, vamos receber a porcaria do governo. Não me lembro de quanto tempo fiquemos olhando o caminho, e Nestor, picando mais fumo, começou a se bufar todo, umas bufas altas. Todas decisões me borro, disse Nestor, sou assim, me ataca-me uma caminheira bruta. Da última vez que eu tive de defender essas terras, me calabriei todo, chegava a pingar pelas calças. Ora, chô, um tiro, uma bufa, quanto mais se vive, não é? Pois um homem macho daquele, pulando na frente das balas, se borrava, atirava e se borrava, chegava as calças a transparecer. Sei bem não, máximo que sinto é o peito apertado, assim mesmo logo antes. No aceso, nem vejo.

Nunca pensei que ia degolar o tenente, pelo menos nunca pensei assim no claro, quer dizer, nunca disse: Getúlio, vamos cortar a moléstia da cabeça do tenente. Até só vi que era tenente depois de perto, mas vi mais que era mais cabra safado do que qualquer outra coisa. A gente estava desencostado um pouco pelali, todo mundo pensando numa coisa um cadinho diferente, com o olho na estrada. Nessas horas, fica um silêncio, o ar fica duro mais ou menos. De longe um matinho, parecendo uns bancos de macambira, tudo muito quieto, só mutucas de vez em quando, uns bichos assim, umas coisas dessas. Essas alturas, nunca pensei em degolar o tenente, até nunca pratiquei uma degolação antes, só que ele chegou com um lenço branco e falou com Nestor como se estivesse dando ordem num meganha daqueles lá dele. Me olhou: o senhor está fora de uniforme, sargento. Nisso, eu estou conhecendo ele, que chama-se Amâncio e é por demais perverso, todo mundo sabe, e é udenista. O sol batia muito quente e ele enrolou um lenço por debaixo do quepe e espiava a gente com as vistinhas miúdas, como de porco. Fala fino, nunca admiti homem de fala fina, se bem que seja o tipo de maior ruindade, possa ser até porque tem a fala fina mesmo. Ele disse, olhando para minha cara, esse sargento desenquadrado retirou um homem de Paulo Afonso e se homiziou na sua terra e eu vim buscar o homem, o sargento e o chofer, o governo não tolera essas bitrariedades. O homem vai. Nestor pregueou a cara toda, acho que já estava se aguentando da vontade de bufar mais, mas não disse nada um tempão, apesar do tenente ficar falando e tirar um patacho do bolso e fazer uma pose de porreta e dizer que não tinha tempo, quando não foi que Nestor cuspiu um fuminho mastigado e ficou fazendo poit-poit com a boca, até tirar todos os pedacinhos de fumo. Aí perguntou ao tenente: o senhor é do governo da Bahia? Porque, se se aborreceu porque tiraram um homem de Paulo Afonso, é porque é do governo da Bahia, não é fato? Não, disse o tenente, eu sou é desse governo mesmo daqui, o governo do senhor e desse sargento. Meu mesmo não, disse Nestor; só às vezes; às vezes nem é. Bom, eu sou do governo que interessa, disse o tenente. Ah, disse Nestor, e deu uma bufa. Nisso só olhando para o chão, sabendo-se que, quando um cabra como Nestor conversa com um sujeito olhando para o chão é somente com a tenção que o outro não veja o que ele vai fazer nas vistas dele. Eu lá. Calado, a terra não era minha, só o couro que era, e aquele peste não era flor que se cheirasse, devia ter uma porção de gente espalhada ali pelas beiras do caminho. Nestor encostou na porteira e disse o senhor está vendo esta porteira, não está, pois essa porteira é a porteira do caminho de minha fazenda, que vai dar na minha casa, a minha casa que só entra quem eu convido, e ninguém convidou o senhor. Quase que dava para sentir um cheiro de defunto, tinha mais homem ruim espalhado ali que nem sei. Não tenho nada com isso, disse o tenente, vim aqui buscar três homens e só saio com eles. Ques homens, meu filho? Eu já disse ao senhor, já expliquei muito bem explicado, é o sargento, o chofer e o preso. Bom, disse eu, eu é que não vou, você vai, Amaro? Eu não, disse Amaro, eu não estou com vontade de viajar. Pois an-bem, disse Nestor. Apois está. O senhor escutou bem direito que eles não estão com vontade de sair e não sou eu que vou botar as visitas para fora, meu pai me deu educação. Agora, uma coisa eu pedia ao senhor, que é para não entrar, porque se entra vira visita e eu nunca dei um tiro numa visita, não sabe o senhor como é, disse Nestor, e bufou mais. Lá por riba, os cabras quase podia se ouvir cantando panderrolê tepandepi tapetape rugi, escolhendo quem ia receber a paçoca por primeiro. Arre. Eu sei que o senhor veio pelaí com a fraqueza do governo toda embalada, mas tenho para mim que nem aquele sacrista daquele seu patrão vai achar decente que o senhor entre assim na casa de uma pessoa honesta e venha aqui tirar as visitas de dentro de casa, fazer umas macriações, arranjar umas encrencas. Olhe, seu Nestor, não queremos mortandade, o senhor entrega os homens e eu vou embora e fica tudo na mais santa, não se fala mais nisso.

— Pois eu acho que isso vai ser uma festa de urubu — disse Nestor.

— Possa ser — disse o tenente. — Mas o senhor alembre que o cáqui é mais duro para o bico do urubu.

— Roupa possa ser — disse Nestor. — Mas o couro é mais.

— Possa ser — disse o tenente. — Mas na companhia de um sargento corno e desertor, com um pirobo por chofer, não acredito muito, não.

Eu nem sei quem descarregou, primeiro, se foi eu se foi Nestor, se foi o cabra na distância, mas a situação não podia prosseguir, com o tenente começando a dar uns assobios e aqueles assobios dando umas parenças de sinal para a força e ninguém sabendo quantos ele vinha trazendo por detrás e ainda mais me chamando nome, que eu não gostei, de formas que empoeirou logo tudo e a gente fomos caindo logo pelo outro lado da vala no meio dos pipocos e nisso Nestor se levantava, dava com um parabelo em pé, gritava e se borrava sempre mais, parecia um macaco, nos pinotes. Foi tudo azul, assim uma fumaça grande, mas o fidamãe logo na primeira escapou dos seis tiros que lhe dirigi encarreirado, a canhota no chão, e ficou no meio de dois pé de pau, um pouco amarrado de um lado e de outro, se bem a força tivesse por detrás e guentasse o fogo bastante. Mas eu tinha resolvido que ia lá, que era que eu ia fazer. Logo nos princípios é assim: um frio na barriga e um aperto. Depois, uma vontade de não fazer nada, umas lembranças. Até que a raiva sobe na cabeça, ou uma coisa dessas, até que estrala um negócio e a gente sobe. Sobe mesmo. De maneiras que procurei feição de encostar mais e Nestor mandou descer os cabras por riba, atravessando atrás das cabeças da gente, para arrodear e enfincar no meio da força e da gente, saindo por detrás duns matos de onde ninguém esperava. Sei bem não, mas foi um fogo brabo, quase que um papoco só, sem pedaços, um barulho grosso como pedra, um barulho inteiro. Voava folhas que era bastante. Voava aquele folharame numa fuzilaria e eu vou chegando junto do tenente, vou chegando pelo lado me arrastando e ele quase que me acerta, mas Nestor levanta a mão e desce em cima dele uma chuva de chumbo que descia e subia terra por todos lados, e eu ando mais e enrolo e aí espio a cara dele bem de junto da minha, com um lenço enrolado na boca, sem dúvidas por causo de todo o pó que está avoando e então pego uma mão de terra e pico nos olhos do infeliz e pico mais e pico mais e vou aterrando, quando ele pega um punhal que tinha nos quartos, quando ele pega esse punhal do tamanho de um jegue e traça pela frente dele com as vistas fechadas, mas num arco que vai e vem para os lados, mas porém faz curvas de baixo para cima, de modos que não existe posição para se entrar naquela roda que ele desenha com o punhal que mais parece uma baioneta e eu não sei o que vou fazer, porque não tenho na mão nada carregado na hora e a faca que eu levei é curta e assim estou só agarrando mais terra com a mão e faço tenção de arrumar pela goela dele, nisso que eu vejo uma pedra como que uma pedra de calçamento e agarro essa pedra e com uma raiva que nem sei, porque a bicha cortava minha mão, olhei bem no pé do nariz dele, olho bem assim para a cara dele e solto a pedra na cara dele com toda a força que eu tenho e vejo ele amunhecar de logo e o sangue esguinchar. Ah vai, ah vai, vai, vai, vai! Hum. Encarco, peste ruim, quase que não aguento levantar mais a pedra, estava deitado de barriga no chão e tinha chegado ali gatinhando e tinha a alma nos bofes, mas ainda segurei com as duas mãos, mirei devagar e carreguei a pedra em cima dele com as duas maos outra vez e aí pronto, com uma sastifação, só escutei o barulhinho da cara dele entrando, tchunque, como quem parte uma melencia e o sangue dele correu por dentro da minha manga e a pedra rolou e caiu no colo dele e ficou.

Pois nunca mesmo tinha feito isso, só sabia de ouvir falar, mas deu uma vontade, de maneiras que fiquei sentado um pouco, vendo o punhal que estava largado no chão e sem ação. E então arrastei ele para dentro da porteira. Uma visita, uma visita, seu Nestor, uma visita de cara torta

pois ô de casa
abre essa porta
tem uma visita
de cara torta

e fui assim cantando baixo e com ele arrastando pelo cabelo e cheguei na porteira e com o mesmo punhal que ele estava riscando o ar, com aquele mesmo punhal que ele estava ciscando, passei no pescoço, de frente para trás, sendo mais fácil do que eu tinha por mim antes de experimentar, com aquele mesmo punhal que ele estava na cintura e depois na esgrima e me chamando de corno, cortei o pescoço, foi bastante mesmo mais fácil do que eu pensei antes e por dentro tinha mais coisa também do que eu pensei, uma porção de nervos, só o osso de trás que demorou um pouco, mas achei um buraco no meio de dois, escritinho uma rabada de boi, e aí foi fácil, atravessando ligeiro o tutano e encerrando, a cavalaria de Deus pela justiça, corno é a mãe, teve sangue como quatro torneiras, numa distância mais do que se pode acreditar, logo se esgotando-se e diminuindo e pronto final. Donde que o homem esguincha sangue mais longe do que pode cuspir.

Sonhos melhores eu já tive, porque hoje é sonho com uma perfeição de jias. Cada jia grande, com umas bocas maiores, que fica perfiladas na minha frente. Impossível cortar a cabeça de uma jia sem cortar o resto do corpo todo, por falta de pescoço, mas o tenente, assim que decepei, pude amarrar a cabeça num pedaço de corda e rodar por cima da cabeça e marchar lá embaixo, nem sei como nem morri, porque não pararam, mas eu fiquei olhando um tempo para lá para os cabras e falando olhe a cabeça dele, olhe a cabeça dele, quem permanecer vai acabar assim também e dei um safanão na corda e joguei lá no meio da força, que parou um pouco na hora, também estava uma bicha feia, uma bicha troncha, visto que não fechou direito as vistas e a cor era a mais feia e ainda tinha terra até dentro dos ouvidos e mais eu tinha quebrado as partes da frente antes, de maneiras que era um desconchavo e deve ter sustado a força da força.

Mas não era eu que podia ficar, com a responsabilidade do coisa atrás de mim, de formas que estamos aqui e não é aqui que vamos parar, aliás, esse é um padre bem doido, sonho com uma ruma de jias, ou nem sonho, sei lá, Amaro dorme e o trem vela, garanto. Bom, tem essas jias. Uma jia se chama Natércio e prefere dar risada a outra coisa. Uma risada de jia, com os braços cruzados. E fica ali, pensando em mosca e vaga-lume e besouro. A outra jia, que se chama-se Roque Pedrosa, é mais séria e só dá uma risada de vez em quando, quando vê necessidade. Quando acha que aparece a necessidade de dar risada, ela para e fica pensando, pensando e depois pergunta: nesse caso, o compadre acha que tem necessidade de dar risada? Se o compadre acha, ela pergunta: vosmecê garante? Se ele garantir, ela então dá risada, mas com muita educação, a mão em cima da boca e sem barulho demais. Tem outra jia, por nome Esteves Jaques, que é uma jia doutora e fica com muita pose e dando conselho às outras e fazendo propaganda, mas não vale nada, porque só gosta mesmo de dinheiro e tomar conhaques e fazer cara de santo e pimento no cu dos outros é refresco. É um carreirão de jias que só vendo, com Roque Pedrosa na frente, que nem um comandante. Podia-se dar uma ordem unida nessas jias, mas só que Esteves Jaques faz muita confusão, falando mal dos amigos com a mulher e dizendo que ele sim é que é bom e sem defeito e contando tudo que os amigos contam à mulher e nisso fazendo cada pelossinal da pega, até que fica tudo num bate-boca danado, fica tudo como sem dente, mas com um eco dentro. Também sofro recordação, como quando eu comi em São Cristóvão, na casa de um udenista que tem lá, muito rico, que porém é udenista e amigo do chefe, não sei como, e gosta de dar risada, como essa jia Natércio. Até parece, só que a jia não tem bigode, e aí não parece tanto assim. Primeiro: a mesa que nunca eu vi igual, de pau preto duro, talvez gonçalo-alves, muito importante, numa varanda, meia varanda, um pedaço dentro de casa outro pedaço fora, uns pés de árvore, uma cajarana e um oiti e um abacateiro muito grande e mais outras para dentro do quintal, só vendo a fresca que batia, uma fresca mesmo, se pensava em dois ganchos de rede ali para dormir ou espichar, uma cidade quieta e a fresca fazendo barulho como chuva nas folhas das árvores e lá fora tinha um sol, mas um sol que só escorregava ladeira abaixo sem ferir, tocando e rebatendo nas pedras lisas, dobrando na igreja e acabando embaixo, numa praça que tem em São Cristóvão que de lá se vê a igreja em cima e da igreja se vê ela, como que se tivesse o mar lá, por causo de tudo ser azul em riba da igreja e umas ruas velhas que desemboca, sabendo-se que é velhas por ser tortas e sem largura e as casas uma na cara da outra de janelão em janelão de não sei quantas partes de abrir, e o sol volta ladeira acima e fica nisso, e lá de dentro a gente pode sentar e esticar a mão para quebrar as rodinhas das trepadeiras de chuchu nos dedos, ou então alisar como se fosse para endireitar, parece umas molas e a gente vai puxando, vai puxando sem prestar muita atenção e esquece a vida, ou então se lembra de uma vida verdadeira, sentado, sentindo. Segundo: a comida. O homem disse: hoje estamos aqui reunidos para comer, graças a Deus, por isso vamos comer, graças a Deus, e se benzeu, parecia um crente; como os crentes tem parte com o cão, desconfiei, além disso era udenista, mas não era crente, porque não cantou, como os crentes que eu ajudava a jogar pedra em Aracaju, com os cantos deles e escrito na parede do culto: se você vem em paz, pode entrar, mas respeite a religião dos outros, e a gente tacava a pedra do mesmo jeito, já se viu, porque crente não dança, não brinca, não mija e quando morre não apodrece, fica penando. No entretanto, não era crente. Bom, estamos aqui para comer, graças a Deus, e vamos todo mundo comer, sem pressa. Quem tem o que fazer não faça aqui, porque, deu uma hora da tarde, a gente inicia a comer, depois desses vermutes, dessas cangibrinas, depois dessas catuabas, dessas jurubebas, desses alcatrãos, dessas meopatias, depois dessas mundurebas, e dê quantas horas dê a gente só paramos de comer quando quiser, graças a Deus, e podemos comer até quando der, graças a Deus, para isso tem comida aí, não é? E tinha quatro empregadas, sendo que duas de chapéu na cabeça e avental branco e umas bandejas, que tinha de segurar de duas mãos, chega estavam pejadas mesmo. Terceiro: a comida mesmo, que veio primeiramente umas curimãs de viveiro, gordas, com banhas. Veio dois tipos: umas curimãs assadas em folha, mas assadas com mais arte do que no mato, e bem espeladas. Essas, a gordura derreteu e soltou nas folhas, de formas que a folha já rebrilhava mesmo e é necessário emborcar as folhas em cima do prato para não perder a gordura, e o cheiro e a carne soltava das espinhas, hum; se emborcava no pirão branco e tinha um molho dos cozidos dentro do óleo com pimentas inteiras, dos que engrossam e escurecem, que faz bolhas, no meio duns temperos verdes, era bom olhar o molho, mexendo devagar com a colher. A outra era de muqueca, com pirão amarelo e essa tinha postas dentro da terrina, umas partes das postas mais escuras do que as outras e umas mais macias e se podia pegar a parte do rabo e ir tirando a carne com cuidado, para só deixar a espinha e a parte do rabo e aquilo se catava com facilidade e se despejava mais caldo no pirão e cada pedaço vinha mais macio. Do lado: uns pitus, um de quarto, no meio da muqueca, um frito, saído do rio, na manteiga sem sal, mas com sal no pitu, na manteiga branca com o cheiro que se cheirava. Melhor de todos, aqueles pituzinhos dos miúdos que não tinha nem casca direito e que a gente ia comendo um e já olhando outro, para escolher o que vinha seguinte. Antes, ostras de mergulho, como uns bolachãos, essas possa ser cruas ou escaldadas, sendo de preferência as cruas, por se prestar a não ter de botar no prato como uma malassada, mas poder comer com barulho dentro da concha, e uns sururus de bolo na tigela, que se pode misturar com o molho e jogar na ostra e uns aratus fritos catados, e as ostras a gente despejando um tico de salgema, aquilo cor de gema de ovo com dourado, e afogando no ardido, é bom que dá uma tesão muito boa. Comemos diversas, mas tinha mais, só que essas não comemos. Isso, eu comendo e olhando as outras coisas. O dono disse: depois todo mundo pode dormir na rede, se tiver rede que chegue. Quarto: um feijão com couve, que pusemos farinha e misturamos, misturamos e botemos em cima uma jabá frita e cortada miúda e juntemos umas mangas espadas e umas melencias. Tinha uma porca matada na hora, de molho pardo, uma porca sequinha e desengordurada e quase toda desossada, só ficando osso onde era de conveniência ficar pelo gosto que dá, e essa porca também foi. E tinha uma manta de carne do sol, que foi comida por último, porque o homem disse: depois de carne do sol tudo fica sem graça, tem que deixar por derradeiro, e é verdade. Essa se pode comer até crua, como presunto. Mas não vinha crua, vinha assada. Uma manta de carne de sol, um lado gordura um lado maciça, que essa também foi, em riba de um pirão de leite, no ponto, sem encaroçar nem anguzar, hum. A manta era cortada na frente de todos que esperava espiando e não se negava nada, levantando com um garfão grande de dois dentes e tirando as lascas com a faca ligeirinho e derrubando por cima do pirão, com caldo. No meio, um aqui outro ali, uns pedacinhos de cebola que quase não se conhecia, atorresmados e pretos, mas dando muita felicidade no caldo. O caldo era um caldo devagar, grosso, que escorre, escorre, hum. Aí todo mundo calado, comendo no calado e dando arrotos; quando tinha que dar, olhava para o lado e desapertava o cinto e se recostava e de vez em quando tem umas paradas para suspirar, todo mundo desencilhado e ancho e olhando para cima se ver nada e tirando uma talisquinha de coisa do meio de dois dentes. No calado, hum. Quinto: uns cajus na calda, a calda que parecia um vinho com cajus dentro e os cajus que parecia umas massas feitas naquele jeito de propósito, e então parte-se o queijo de cabra que vem ardido e com um cheiro que ninguém se engana e por primeiro se bota o queijo no prato e por cima disso os cajus, com bem calda. E come-se os cajus. Comemos os cajus e o dono ficou também chupando pitomba e cuspindo os caroços no quintal. Essa terra é tão boa, disse o homem, que esses caroços tudo nascem depois, fica cheio de pé de pitomba isso aqui. Eu fiquei agradando mais uns cajus. E eu tenho sangue bom, disse o dono, basta cuspir uns caroços ou jogar assim como marraio, que nasce logo, e nós demos para uma prosa mole enquanto moía o café e veio o café e fiquemos. O dono disse: graças a Deus, e aí nós dormimos nas redes e não teve sonhos.

Agora, esse padre, quando todo mundo acordou e eu estava na janela, olhando a rua pela venziana e fumando um cigarro e sentindo uma tonteira que eu sempre sinto quando fumo o primeiro cigarro de manhã e ouvindo os ralos ralando milho de cuscuz, esse padre chega e diz que a gente espere, porque a gente vai esperar o recado que ele mandou para umas certas pessoas, ou senão a gente vai em marcha para Ilha das Flores, ou qualquer coisa, aí o padre se aporrinha e dá uma porção de nomes e diz que ninguém vai sair dali nem nada, até chegar as pessoas que vai dar uma decisão naquele caso. Porque esse caso já está com cheiro de podre, diz o padre, e eu nem sei se vosmecês das duas uma: ou dá um fim direto nesse cristão, louvado seja Nosso

Senhor Jesus Cristo, para sempre seja louvado, ou então solta ele, diz o padre, porque não sei mais se é possível levar ele para a capital, essa é que é a verdade. Inda mais, diz o padre, que temos aqui trocidades, dentes arrancados, violências, e os tempos estão mudando e vosmecê cortou a cabeça dum tenente e não sei como é que isso vai ser, inda se fosse um cabo, qualquer coisa assim, mas como é que se vai cortar a cabeça dum superior mesmo no aceso, acho que é maluquice. Que desse umas porradas, ainda vá, ou arrancasse um olho na disputa, uma coisa dessas, quase que sem querer, acontece. Agora, a cabeça não; a cabeça se vai lá, se olha o pescoço e se resolve cortar, é uma coisa quase parada, não pode ser. Mas nesse mesmo minuto se senta na marquesa e olha para o lado do coisa e fica olhando mais e mais e aí se acalma.

— É isso mesmo. Tem muitas cabeças nesse mundo de meu Deus.

— O tenente me chamou de corno, seu padre. Era ele ou eu.

— É isso mesmo — diz o padre. — Devia de ter cortado mesmo.

E se benzeu e disse que não precisava dizer aquilo. É que a situação mudou, diz o padre, não sei se vosmecê vai poder levar o homem para Aracaju, porque lá está uma novidade de gente e uma porção de jornais e dizem que quando vosmecê chegar vão lhe encher o couro e soltar o homem. Não acredito que Antunes possa lhe sustentar. Ah, isso não, se Antunes não me sustenta, o que é que me sustenta? Não sei, disse o padre, e enfiou as duas mãos pelo meio da batina com as pernas escarranchadas e ficou com a cabeça pendurada. Essa terra, diz ele depois de muito tempo, já foi uma boa terra, porque havia mais homens e quem era homem não tinha de que temer. Hoje essa terra não vale mais nada, não vale quase mais nada, está uma frouxidão e um homem não sabe de quem depende e querem mudar tudo e nunca vai adiantar. Porque, se tiram os recursos do homem, o que é que deixam com o homem? Nada. Uma vida, possa ser, e isso não é vida de homem, é um enterro. Não sei, não sei, diz o padre, sacudindo a cabeça e fazendo um bico com a boca. Por que vosmecê não some? Eu sumir, eu sumir? Como que eu posso sumir, se primeiro eu sou eu e fico aí me vendo sempre, não posso sumir de mim e eu estando aí sempre estou, nunca que eu posso sumir. Quem some é os outros, a gente nunca. Bom, isso é, diz o padre. Sempre quem pode sumir é os outros, a gente nunca. An-bem, depois não sei quantos homens tem em Aracaju que possa me parar assim. Depois, o chefe me mandou buscar isso aí e eu fui, peguei, truxe, amansei, e vou levar porque mesmo que o chefe agora não possa me sustentar, eu levei o homem, chego lá entrego. É preciso entregar o bicho. Entrego e digo: ordem cumprida. Depois o resto se aguenta-se como for, mas a entrega já foi feita, não sou homem de parar no meio. Se for assim mesmo como se diz que é, espero as outras ordens, porque essa está dada e nem ele que viesse aqui e me pedisse para não levar eu não deixava de não levar, porque possa ser que ele esteja somente querendo me livrar de encrenca e eu não tenho medo de encrenca, eu levo esse lixo de qualquer jeito, chego lá e entrego. Nem que eu estupore. Quero ver esse bom em Aracaju que me diz que eu não posso, porque eu sou Getúlio Santos Bezerra e igual a mim ainda não nasceu. Eu sou Getúlio Santos Bezerra e meu nome é um verso e meu avô era brabo e todo mundo na minha raça era brabo e minha mãe se chamava Justa e era braba e no sertão daqui não tem ninguém mais brabo do que eu, todas as coisas eu sou melhor. Pode vim. Getúlio Santos Bezerra eu me chamo, e enquanto um carneiro qualquer um mata com uma mão de pilão na testa eu dou um murro na testa e mato esse carneiro ou outro que tenha e mato qualquer vivente e esses ferros que eu carrego eu manejo. Corro, berro, atiro melhor e sangro melhor e bebo melhor e luto melhor e brigo melhor e bato melhor e tenho catorze balas no corpo e corto cabeça e mato qualquer coisa e ninguém me mata. E não tenho medo de alma, não tenho medo de papafigo, não tenho medo de lobisomem, não tenho medo de escuridão, não tenho medo de inferno, não tenho medo de zorra de peste nenhuma. E não escuto liberdade, não converso fiado, não falo de mulher, não devo favor e não gosto que ninguém me pegue. O senhor já ouviu falar de meu nome, Getúlio Santos Bezerra, sou eu mesmo e quando eu dou risada pode todo mundo tremer e quando eu franzo a testa pode todo mundo tremer e se eu bater o pé no chão pode todo mundo correr e se eu assoprar na cara de um pode se encomendar. Sou curado de cobra e passo fome, passo frio e passo qualquer coisa e não pio e se me cortarem eu não pio. Durmo no chão, durmo em cama de vara, durmo em cama de couro, ou então não durmo e quem primeiro aparecer primeiro quem atira sou eu e quando atiro não atiro nas pernas, atiro na cara ou atiro nos peitos e os buracos que eu faço às vezes é um em cima do outro e tem uma coisa: em Sergipe todo não tem melhor do que eu e se eu lhe digo que não tem um melhor do que eu em Sergipe, não vejo esse bom, estou lhe dizendo que não tem melhor no mundo, porque essa é uma terra macha e eu sou macho dessa terra. Se for para esperar, espero, mas esperar não é ficar. E eu vou levar esse traste arrastado ou espetado, naquele hudso até Aracaju, e chegando lá apresento ele: ele veio de Paulo Afonso até aqui e está com essa boca em petição porque deu cupim no caminho e comeu os dentes da frente. E se cortei a cabeça do tenente, foi bem cortada. Mas não vou dizer a todo mundo que eu cortei a cabeça do tenente. Só digo ao chefe e calo a boca e cruzo os braços e boto o olho no vento. E quem quiser que bote o olho no meu. E pronto. E se ninguém quiser ir comigo, eu vou só, aviu Amaro? É, disse o padre, eu não sou esses machos todo.

V

Não posso dizer que eu gosto de estar aqui no sobrado do padre sem fazer nada e todo dia ouvindo os dobres desde cedo e sem vontade nem de raspar a barba. O padre vem aqui e conta umas histórias. Também trouxe um jogo de dominó que eu fico jogando com Amaro até fartar, depois jogamos damas e fartamos também e paramos de novo. Chamei o padre e disse a ele: espero até amanhã. Não chegando ninguém até amanhã, vou pisar na poeira, não tem quem me segure. Amaro diz que, repetindo ele todas as mexidas que eu der nas minhas pedras de dama, eu tomo um porco completo, fico todo entalado. Vemos isso, começando pelos cantos, que é a melhor forma. De fato, não comendo nenhuma, entala. Nunca que eu vou acertar a fazer isso. Não tenho paciência para ficar estudando essas pedras nesse tabuleiro, esquenta a cabeça, não tem propósito. Amaro não, fica falando nas damas como se fosse coisa. Também não jogo sem assoprar e Amaro joga sem assoprar. Não entendo isso. Melhor é assoprando, porque dá mais graça. Filho da mãe, joga dama como galo de briga na corrida. Vai deixando, vai deixando e lepe! — à traição. Dá porco e diz que vale vinte e cinco pontos cada porco de uma, trinta pontos cada porco de três, nunca vi essas regras. Dominó mesma coisa, uma porção de ideias com as bombas, cada qual valendo isso ou aquilo. Assim não pode, não acredito nesses jogos. Podia experimentar voltar na fazenda de Nestor, mas possa ser que vá e arraste a mala, aquilo está uma guerra, com toda certeza. Lá era melhor, pelo menos tinha os bois e as jias para a gente ficar falando mal e Amaro ficava cortando as tiriricas dele, sem apoquentar. Aqui me procura, precisa companhia, uma peste. Vez em quando, espio pelas venzianas e tem uns meninos empinando arraia, que é setembro e tempo de arraia mais ou menos, como tem um tempo de pinhão e um tempo de ferrinho e um tempo de marraio, não sei como é que esses tempos aparece, mas tem tempo de tudo. Umas arraias bestas, sem nada, também nesta cidade não deve ter nem cordão. Eu mesmo nunca empinei arraia, não acertava, mas gostava de quebrar pinhão dos outros e não gostava que quebrasse os meus. Uns meninos magros, que nunca viram outro lugar e depois vão embora e some tudo e fica só as moças vitalinas, sem homem. O sujeito aí vai morar em Aracaju e diz: eu nasci em Japoatão. Homem creia. E vai nascendo mesmo, cada dia nasce mais gente. Tem gente que nasce até em Muribeca, hein Amaro? An-bem. Esse padre é muito nervoso, precisava era de umas freiras aqui para ferrar. Tu acha que freira o padre ferra, Amaro? Possa ser que nem tenha nada, tem quem diga. Fica cantando

Capitão Moreira César
Dezoito guerras venceu
A terceira não interou
No Belo Monte morreu.

Uma voz grossa, e bate palmas quando canta.

O alfere Vanderlei
É bicho de opinião
Quando foi para Canudo
Foi em frente ao batalhão.

Os urubus de Canudo
Escreveu ao Presidente
Que já tão de bico fino
De comer carne de gente.

Os urubus de Canudo
Escreveu pra Capital
Que já tão de bico fino
De comer oficial.

Alfere Joaquim Teles
Por ser bicho de arrelia

Quando foi para Canudo
Baixou logo a enfermaria.

A fraqueza do Governo
Passou por Cocorobó
Depois que passou por lá
O Governo ficou só.

Alfere Luiz Peçanha
Era cabra bem valente
Quando chegou em Canudo
Lhe atacou dor de dente.

Alfere Martim Francisco
Queria vencer a guerra
Quando chegou em Canudo
Findou embaixo da terra.

Alfere Manuel da Costa
Era muito valentão
Quando chegou em Canudo
Fugiu pra Japoatão.

Isso ele canta sem mudar a voz e quebra a música com umas risadas, como quando subiu aqui outra vez e explicou quantas pessoas tinham morrido em Canudo e como socavam pregos nas espingardas para fazer de bala. Pegava-se o prego, disse o padre, um prego enferrujado, e se pregava esse prego depois de socar bem polvra e embuchava na espingarda e um prego desses, todo frouxo no cano, fazia um estrago desgraçado no recebente e quando não morria da pregada morria da doença que dava a ferruge do prego. Quer dizer que morreu muito macho de prego ali.

— A mortandade foi tão grande — disse o padre — que os urubus só comia altas patentes.

E deu uma risada e foi descendo. E então eu fico aqui como uma vaca, fico eu como não sei quê, esperando que venha esse povo trazer uma decisão para eu me mexer, que já não aguento mesmo. Bom, amanhã me solto no mundo, não fico aqui de jeito nenhum. De onde vem esses homens, em que guritas vem amuntados, que melindrismo vão amostrar? Não entendo direito. O padre também vem ensinar umas rezas e eu e Amaro ficamos aprendendo as rezas e o vivente quer se meter por vezes. Na primeira vez, tencionei amarrar a mordaça nele novamente, porque receei que começasse a gritar por ajutório, mas o padre disse que podia gritar à vontade, que dali ninguém tinha condição de escutar. Mas de qualquer forma eu disse a ele, bem explicado, eu disse: olhe, peste, se gritar, eu mando tocar o sino para não se ouvir o barulho, mando tocar um toque de festa e na mesma batida do toque acabo de lhe arrancar o resto dos dentes, que é para deixar de ser besta. E não adianta olhar para o padre, eu já estou aqui é retado mesmo, socado nesse buraco e se vosmecê pensa que está safo por causa dessa conversa toda que vosmecê anda ouvindo que vão lhe soltar, fique sabendo que o seu destino está escrito e vosmecê vai comigo para Aracaju para eu lhe entregar e lhe fechar no depósito e lá vosmecê vai sofrer umas duas dúzias de enrabações, que os presos de lá só vive tudo seco, está entendendo, e vosmecê já viu que eu torei a cabeça do tenente e não estou olhando para torar a cabeça de quem mais aparecer, com divisa ou sem divisa, inclusive a sua eu pelo menos arranjava o que fazer, porque aparava aqui, aparava ali e fazia uma bolinha e ia jogar piruletas com Amaro, ou então dava para esses meninos fazer uma linha lá embaixo. O padre diz que é isso, sargento, estamos destemperados, e eu digo é isso mesmo, padre, é isso mesmo e esse troço já está me dando uma ingrizilha que eu não aguento, nunca tive tanta perturbação, não gosto dele. É como que me dá uma vontade de chorar, mas é de pena de mim. Fico assuntando umas coisas para fazer nele: botar um mamãe-evém-aí na boca dele, com cadeado, abrir, jogar uma brasa e fechar e olhar fumegar. Vou lhe dizer, uma pessoa pode ficar maluco, numa missão que não ata nem desata, e esses misteriosismos todos, não pode isso, não pode aquilo, por que não pode? Por que não pode, por que não pode? Tudo não pode, tem sempre algum para informar que não pode. Pois pode. O que é que eu não posso, lhe pergunto isso, ora bosta. Mas de vez em quando o padre me dá um esbregue, cada esbregue grosso que eu tenho de calar o bico, porque o padre também carrega aquela perigosa de dois canos para lá e para cá e tem cara de quem sabe apontar a bichinha e mais tem cara de que se apontar atira mesmo e eu não quero matar um padre, dá atraso. Mas é porque, nessas horas que não tem nada para fazer, nessas horas vem uma vontade de arreliar o alguém e, quanto mais ele não faz nada, mais dá vontade de arreliar e puxar e dar porrada, é isso mesmo. Agora o padre vem e ensina as rezas e faz pelossinais e se ajoelha, de maneiras que nós também se ajoelhamos e rezamos e o coisa é quem mais reza e durante o tempo todo que estamos rezando me dá vontade de arreliar ele, me dá sua mão aí para eu assoar o meu nariz que não estou com vontade de sujar a minha, mas não digo nada e ficamos ali olhando para cima e puxando umas rezas. Também o coisa é o mais necessitado de rezas, porque não deve andar satisfeito da vida, do jeito que vai, porque não vai bem, está mais magro e amofinado e não quer mais fazer a barba. A gengiva sarou bem e principiou a murchar, outro dia levantei os beiços e olhei. Não ficou bem sem os dentes, a boca parece uma flor para dentro. Está uma boca de fiofó perfeita e quando a fala sai, sai assobiada. Fica interessante. Também não tem tomado banho, deve estar cheio de lêndias na barba e fede bastante. Bom, cada qual vive como quer.

De qualquer forma, repito para o padre, de qualquer forma eu não fico mais aqui e digo isso também a Amaro, que disse que com o hudso escondido sem poder esquentar não garante e que não sabe se a gasolina das latas de trás está secando e que naquela terra não tem onde comprar nem cem réis de gasolina e que uma porção de choramingação, Amaro sempre foi disso. Não interessa, se aquela estrovenga quebrar, a gente largamos ela no meio da rodagem e vamos andando mesmo, possa ser até melhor. Porque carro não tem sapato, para a gente colar o calcanhar na frente e o seguidor pensar que a gente está indo para o lado contrário que está indo mesmo, não é isso? Todos casos, vamos mesmo, não acredito que ninguém esteja atrás da gente, mesmo porque não acredito que Nestor vá contar quem cortou a cabeça do tenente, nem acredito que tenha ninguém vivo por lá. Sei lá, não sei de nada, mas aqui não fico mais e amanhã cedo eu vou, antes do sol levantar. Mas o padre vem e me diz que amanhã não pode ser, porque recebeu recado que os homens chegam amanhã mesmo para conversar, de formas que convém ficar. An-bem, fico, mas só até amanhã, depois eu vou, não sei conversar direito mesmo e só devo sastifação a uma pessoa, graças a Deus, e dessa pessoa nada ouvi até agora, a não ser o que ficam me dizendo, só que eu não emprenho pelos ouvidos. Tenho que ver, ali, pronto. Padre, ques homens são esses? Não sei, disse o padre, são graúdos, eu acho. São graúdos. Bem, primeiro é Deus nas alturas. Segundo, não sei bem. Quando eu era rapazinho, era o dono de um vapor de algodão que tinha. Quando eu era bem menino, era um moendeiro que tinha. Não sei direito, essas coisas dão uma confusão. O padre disse você não tinha nada de cortar a cabeça do tenente, agora você é desertor e não tem muito jeito para você. Ora, estou estranhando isso, nunca vi tanta besteira por causa de uma merda duma cabeça de tenente cortada. Nem que fosse patente mesmo, que ninguém anda respeitando galão mais. Foi, foi, pronto. O negócio é ser homem, foi, pronto. O tenente está no céu, seu padre, pronto, deve estar com umas asas e tocando viola e melhor do que o resto daqui de baixo. Talvez seja o padre, parece de ser um padre importante. Talvez seja todos os padres, depois de Deus. Sei não. Tem Cristiano Machado e o Briga- deiro e Getúlio Vargas. O Governador. Não, tem as amizades. Não sei como é que isso está disposto. Tinha vontade de saber um pouco, possa ser que Amaro sabe, mas não vou perguntar a ele, porque não quero dar parte de ignorante. Campe-se, se eu for pensar, não vou entender mesmo, de maneiras que o mundo é assim: é o chefe e sou eu. Quer dizer, existe outras pessoas, mas não são pessoas para mim, porque estão fora. Não sei. Hum. Quer dizer, eu estou aqui. Sou eu. Para eu ser eu direito, tem que ser como o chefe, porque senão eu era outra coisa, mas eu sou eu e não posso ser outra coisa. Estou ficando velho, devo ter mais de trinta. Devo ter mais de quarenta, possa ser, e reparei uns cabelos brancos na barba já tem muito tempo. Não posso ser outra coisa, quer dizer que eu tenho de fazer as coisas que eu faço direito porque senão como é que vai ser? O que é que eu vou ser? Não gosto dessa conversa desses homens vir aqui conversar. Se o chefe vem, bom. Se não vem, não sei. Eu sou sargento da Polícia Militar do Estado de Sergipe. Não sou nada, eu sou é Getúlio. Bem que eu queria ver o chefe agora, porque sozinho me canso, tenho que pensar, não entendo as coisas direito. Sou sargento da Polícia Militar do Estado de Sergipe. O que é isso? Fico espiando aqui essa dobra de cáqui da gola da farda me espetando o queixo. Eu não sou é nada. Gosto de comer, dormir e fazer as coisas. O que eu não entendo eu não gosto, me canso. Chegasse lá, sentava, historiava e esperava a decisão. Era muito melhor. Assim como está, não sei. Não gosto que o mundo mude, me dá uma agonia, fico sem saber o que fazer. É por isso que eu só posso ter de levar esse traste para Aracaju e entregar. Tem que ser. Depois resolvo as outras coisas e tal. Não sei se esse povo é da Bota Amarela, se querem me acertar, me dar um chá de meia-noite aí, se são de confiança. Essa Bota Amarela faz os serviços ligeiro. O homem está na porta, com seu pijama e seu sossego, sentado numa cadeira de vime, chega o pistoleiro: boa-noite, desculpe o incômodo, que horas são? E aí, por baixo do subaco mesmo, por dentro do paletó, olhando para o outro lado, mete duas no homem e vai embora no mesmo pé. Não gosto deles, recebem dinheiro para fazer isso, não acho direito. Todos casos, quando os homens chegar, não conheço ninguém e seguro a mão debaixo da mesa, com um negócio apontado por baixo mesmo para a queixada de um. Se embarcar, não embarco só, e não tenho vontade de embarcar agora. Preciso avisar a Amaro. Pode ser uma fuzilaria. Quer ver que o padre me empresta aquela de dois.

Esse grande careca, esse eu já vi, uma vez quando mataram Arnaldo na feirinha de Natal e tivemos um grande movimento e ele estava no meio do bolo na Chefatura, dizendo: ele foi levantar o copo de cerveja e quando levantou o copo de cerveja, foi só dois tiros, um em cima do outro. Vão dizer que é Mário Barreto, vão dizer que é Mário Barreto. Eu que estou sabendo que não foi Mário Barreto, que estou sabendo quem foi mesmo mas não estou com vontade de dizer porque não é para dizer, fico calado, olhando ele. Gosta de ficar esfregando as mãos e tem um dente de ouro, quer dizer, meio dente de ouro, que brilha. Os outros dois eu não conheço, nunca vi: um que fala embolado e usa alpercata e tem um bigode. Esse um eu não gosto da cara, visto que não para as vistas. Esse outro, que eu vou apontar o ferro para ele, não fala nada e está com as costelas grossas, deve ter artilharia aí. Possa ser que possa ser para mim esse armamento, possa ser que não possa, ele que não se coce, é melhor, porque se coçar daqui mesmo dessa mesa que eu estou — e estou nessa mesa muito bem, com as pernas esticadas e os pés numa cadeira e estou como quem não quer nada, até pensando na vida, estou assim esfregando a barriga com uma mão e com a outra segurando o velho de guerra debaixo da túnica, olhando para o outro lado e estou muito como que desprecatado para quem me olha assim e nem ponho as vistas no calado, que é ele que eu atiro por primeiro tendo necessidade, e nem vou dando nas parenças e até dá uma vontade de tomar umas coisas, dar umas risadas, está um dia fresco e bom e nem parece que existe alguma coisa, mas pois daqui mesmo onde eu estou só mexendo o furabolo com essa cara de tacho, eu abro um rombo nessa mesa direto no quengo desse. Parece até que eu estou preferindo pensar em acertar ele do que ouvir a conversa. É isso mesmo, meu sangue não foi com o sangue dele. Me abria-me a túnica, mas isso é o de menos, remenda-se. Bom, esse careca é o que fala, mas o de bigode também quer falar e não pode muito, porque se engasga na fala, como é que um bicho desses arranja um anel de doutor. Essas alturas, eu digo, essas alturas Sergipe inteiro já sabe que vosmecês estão aqui e que eu estou aqui. E já estou adivinhando o que o careca vai responder. Me dá uma agonia ver o de bigode se remexendo na cadeira. Fico com vontade de mandar ele parar quieto, mas não posso, tenho que me reconhecer. O senhor, sargento, matou o tenente e estrompou o destacamento. Ah-hum, ah-hum. Cortou a cabeça do tenente e sacudiu na ponta da corda. Pereré-pereré. Isso não é a lei da selva. Bonito. O senhor, sargento, fez uma porção de coisas. Pereré-pereré. Estou escutando, parece minha mãe falando, quando ela falava. Fiz a minha obrigação, não é por ser tenente que me chama de corno, demais era ele ou eu. Demais, não foi eu que cortou a cabeça, foi um cabra. Que cabra? Ah, esse eu não me lembro, tinha bastante poeira, estava uma dificuldade para enxergar até os pés da gente mesmo. Eu nunca andei matando ninguém assim, foi um cabra safado, onde já se viu cortar a cabeça dum tenente numa sexta-feira, não fica bem. Hum. Tenho que passar os olhos no calado, que pode estar se mexendo, mas botou as duas mãos em cima da mesa e é melhor. O doido se levantou: sargento, olhe sargento, o problema é que foi um engano, sargento, um engano que foi mandar o senhor buscar o homem em Paulo Afonso, agora temos complicação. Quem disse isso, foi o chefe? Foi o chefe que disse, não tem mais condição de cobertura, a coisa mudou. Foi o chefe que mandou o recado? Foi, foi. E por que não veio ele? An, responda essa. Não veio porque não quer deixar ninguém saber que foi mandado dele. Vem força federal, vem tudo. Então o senhor solta o homem e some e pronto. E o resto se ajeita em Aracaju.

— Não posso sumir. Quem pode sumir é os outros, como é que eu posso sumir, se eu sou eu? Do mais, se vosmecês estão querendo que eu solte o homem e suma, é porque depois ele e vosmecês vão atrás de mim, me arrancar dos infernos para me botar a culpa do negócio.

— O senhor tem a minha palavra de honra.

Pode ficar com sua palavra, eu só tenho o que é meu e é pouco. Faço o seguinte: o seguinte é o seguinte: eu resolvo isso hoje. Vosmecês vão, eu fico e converso com o padre e depois solto o homem. Mas aqui, com vosmecês aqui, não solto, preciso de garantia. O calado se mexeu e eu disse: meu santo, eu já vi que vosmecê traz aí embaixo um armamento, mas me faça o favor de me permitir que eu lhe diga uma coisinha, uma coisinhazinha: em primeiro lugar, nunca senti medo de macho nenhum e maior do que vosmecê já vi diversos, mas todos uma balinha do mesmo tamanho dá conta, basta ser bem encaixada; em segundo lugar, me faça o favor de reparar que esta minha mão que está aqui embaixo não está coçando as minhas partes, mas está em cima de um chimite, pode crer, um chimite bom que faz gosto e que se vosmecê faz questão eu mostro a vosmecê; em terço lugar, Amaro está ali com uma coisa atrás, bem por riba do balaústre da igreja, não está. Amaro, hem Amaro? Nem precisa olhar para trás, é uma beleza aquilo, foi um amigo meu que emprestou a ele, ele gosta muito, não gosta, Amaro? Pode crer que gosta e vosmecê já viu um gatilho daquilo como é manso de puxar, por causo que tem uma mola, a cuja mola basta a gente roçar o dedo que ela solta e soltando bate os cães na espoleta e batendo na espoleta dá uns papocos e dando uns papocos espalha um chuvisquinho quente danado, é só vosmecê pedir. Sargento, vamos ter calma, pereré-pereré. Mas eu estou calmo. Vosmecês me contaram que o chefe não quer mais saber disso, creio, creio. Assim sendo, eu posso soltar o homem, mas com vosmecês aqui não solto, de formas que espero vosmecês ir saindo na mesma paz que entraram e depois que vosmecês sair eu solto o homem e vou embora.

Não sei direito como é que eu falei assim, mas de repente eu estava me sentindo muito bom e o que é mais que pode me acontecer. O que pode me acontecer é eu morrer, daí para baixo não pode mais nada, e se eu morrer vou com diversos, vai ser uma caravana, e quando os homens desistiram de mais conversar e quando eu me lembrei do recado de Elevaldo e quando eu vi que eles foram e eu tinha de dar uma decisão, aí não sei. Não gosto dessa folia de recado, não é meu jeito. Mas possa ser que é verdade tudo, e então eu estou só no mundo, eu mais Amaro. Agora veja, por Amaro eu respondo não, respondo por mim. Que foi que ele me disse? Me disse, me traga esse homem aqui, pelo menos meio inteiro. Vai somente com quatro dentes faltando, isso ele bota depois uns pustícios, e menos um pouco de banha, que até nem é bom por causo do calor. Agora, se eu tomo o recado e não levo o homem, fico sem graça e possa ser que nem seja verdade. Se eu levo, pelo menos vejo com meus olhos, e morrer assim ou assado é a mesma coisa. Mas o chefe pode não gostar. Não sei. Não gosto.

Levo ou não levo, é isso. Talvez seja melhor sofrer a sorte da gente de qualquer jeito, porque deve estar escrito. Ou é melhor brigar com tudo e acabar com tudo. Morrer é como que dormir e dormindo é quando a gente termina as consumições, por isso é que a gente sempre quer dormir. Só que dormir pode dar sonhos e aí fica tudo no mesmo. Por isso é que é melhor morrer, porque não tem sonhos, quando a gente solta a alma e tudo finda. Porque a vida é comprida demais e tem desastres. Quem aguenta a velhice que vai chegando, os espotismos e as ordens falsas, a dor de corno, as demoras em tudo, as coisas que não se entende e a ingratidão quando a gente não merece, se a gente mesmo pode se despachar, até com uma faca? Quem é que aguenta esse peso, nessa vida que só dá suor e briga? Quem aguenta é quem tem medo da morte, porque de lá nenhum viajante voltou e isso é que enfraquece a vontade de morrer. E aí a gente vai suportando as coisas ruins, só para não experimentar outras, que a gente não conhece ainda. E é pensando que a gente fica frouxo e a vontade de brigar se amarela quando se assunta nisso, e o que a gente resolveu fazer, quando a gente se lembra disso se desvia e acaba não se fazendo nada. Padre, ô reverêndio, em suas rezas, lembre dos meus pecados.

Faço o seguinte, eu levo, sim. Nunca fui homem de falhar no meio, eu levo, sim. Eu sei que o senhor seu padre dá preferência que eu largue esse troço aí, mas não largo e pode dizer que foi eu que disse e pode dizer que foi até na violência que eu desobedeci essas ordens, mas eu levo o homem, nem que me deixe os pedaços pelaí, qualquer coisa. Último caso, me arrumo por qualquer caminho, vou e volto, faço um camin-sem-fim, saio daqui, arrodeio por Muribeca, subo para Malhada dos Bois, me bato até Gararu, volto para Amparo de São Francisco, me enfio por Aquidabá e Cumbe, me lasco para Feira Nova e Divina Pastora e Santa Rosa de Lima e Malhador e Rosário do Catete e Maruim e entro em Santo Amaro das Brotas e me despen-co pelo rio abaixo e quero ver ninguém me pegar, até que ninguém nunca viu sargento de canoa ou qualquer coisa e me paro na Barra dos Coqueiros e quero ver ninguém me segurar, chego lá e me ajeito e dou um fim nessa situação e nesses lugares todos não tem prefeito nem delegado nem pretor que bote a mão em mim, muitos deles não tem delegado nem prefeito, que não é nem cidades, de formas que eu vou. Olhe, se um santo me dissesse quer morrer velho e frouxo ou quer morrer assim e macho, eu posso lhe garantir que dizia que queria morrer macho, não vejo graça no outro jeito. E de mais que já estou azuretado com isso e quero parar. E demais que não quero viver me escondendo pelaí ou ir ser chofer em Sao Paulo, nem sei aonde é isso, de maneiras que se eu puder meter a mão naquela água benta e fazer pelossinal e empacotar meus trens, acho que tenho uma febre quartã de aporrinhação, de vez em quando me dá e eu não aguento, pronto. Deus me livre que eu não leve o coisa comigo e não entregue, o que é que eu vou ficar pensando depois, se já tenho pouco para pensar e o pouco que eu tenho vai inchando na minha cabeça e vai tomando conta do oco que tem lá dentro? Eu lhe agradeço a comida e a pousada e as cantigas e as prosas e o trabalho. E lhe agradeço se puder emprestar, que talvez nunca nem volte, essa bichinha a Amaro, que ele gostou se dá bem com ela e faz pena ele deixar, eu sei que o senhor de onde tirou essa tira outras, um padre como o senhor. Pela mesma porta que eu entrei, pela mesma porta eu saio, esteja o senhor bem.

VI

Todas casas parece um prato de comida, nem que seja papa de farinha. Esse hudso, quando encrencou por não ter gasolina, eu olhei bem ele e pensei que isso era um monarquismo de bicho, porque necessitava que a gente botasse gasolina e as latas acabou e nem bem sei aonde nesse mundo direito estamos. Dizer a verdade, sei, mas vejo que andar é o que se pode fazer e o traste abre a boca e diz que não pode andar. E eu digo, olhe que vosmecê anda. Senão lhe faço-lhe as piores coisas, não se descompreenda. Nem fazia nem nada com essa canseira e a túnica eu fui largando, que me pesava, mal carrego a arma e Amaro a dele, de fato gostou muito, só falta cheirar ela, aliás acho que cheira assim de noite, quando ninguém está espiando, dá uns cheiros nela. Que lustra eu sei, com a flanela que tirou do carro. Eu fiquei olhando esse carro, que é novo mas já ficou velho faz muito tempo, eu fiquei olhando ele assim, todo frio. Ficou lá morto. Amaro ainda levantou a tampa e espiou para dentro, uma ruma de partes que tinha dentro, tudo parado, até os hudsos morre. Então o que fica para Amaro é a bichinha de dois canos, que ele alisa e lustra e cheira e quando encosta desafasta, põe em pé com a coronha no chão, pega a espiar como quem espia uma filha. Esse Amaro é meu irmão, porque só tem ele no mundo essas alturas, posso crer, só tem ele no mundo que escuta o que eu estou dizendo, possa ser que só tem ele no mundo que não acha que eu estou bobo da ideia, até mesmo que eu estou um pouco abestalhado da ideia mesmo, com essas léguas todas que eu tenho comigo, inda mais com o peste de arreio, só posso chamar isso de arreio, quase que só vive dependurado em mim e fica se arrastando, é mesmo uma fraqueza por demasiado, só dá para política de prosa. Então eu digo: lhe faço as piores coisas, viu? Nem responde, esse acha que eu estou avariado também, deixe achar. Pois então: lhe penduro de cabeça para baixo num pé de pau e enfio sua cabeça numa barrica cheia de areia fina como aquela do Morro de Areia de Aracaju, uma areia bem fininha que nem dá para segurar direita com as mãos e lhe deixo lá, tomando fôlego de areia. Vai espirando, espirando e vai enchendo os bofes de areia e dói que nem lhe digo, hum. Nem acredita mais, eu acho. Ou então acredita, mas nem está aí nem vai chegando mais talvez nem se lembre mais do nome dele. Ninguém se lembra mais do nome dele, ninguém se lembra mais nem do nome da gente, quer dizer eu me lembro do meu nome e me lembro do nome de Amaro e se quisesse me lembrava do nome do peste, mas não quero e esqueci. E pronto. Então fiquemos nisso e de vez em quando ele empaca como uma mula e a gente tem que esporar ele, para ele ir. Oras eu esporo, oras Amaro espora, mas eu prefiro esporar eu mesmo, porque Amaro não espora bem. Espora mal: quando encarca a espora nos quartos do traste, faz uma careta e aguenta a mão um pouco. Falta umas coisas em Amaro, não sei o que é, bom assim alguém acerta ele, sempre eu disse. Bom, eu tomo a espora na minha mão e mostro a Amaro — é assim, ói, hum! — mas não tem jeito, que quando ele pega é a mesma frouxidão e uma caretinha, desfranzindo as vistas. Tem que se esporar esse preso, senão ele não anda, é justo, já se viu querer atrasar os outros assim, mas vejo que um dia desses, da forma que ele vai, nem vai ligar mais para a espora, a bunda já deve estar um calo, sem dúvidas, mas eu ainda amolo essa espora bem esporadinha, quero ver ele não andar, pelo menos até a gente se deparar com um lugar para arraiar os costados um pouco e demandar viagem novamente. Estou sabendo que andam atrás da gente, dá para sentir uns fedores olhando assim para trás, mas não quero combate, porque o cão pode atentar e aí não vou poder chegar em Aracaju com o peste e isso eu chego, em Aracaju eu encosto com ele, nem que seja nem que seja, nem sei, mas encosto. Esse coitado desse hudso velho metralhado, com uma porta quase que se pode dizer soldada de metralhadora, já viu foi coisas. Parece uns arrebites, esses buracos parece uns cravos de panela. Viu foi coisa. An-bem, ali fica com a tampa levantada, como um burro morto e depois de muito tempo alguém acha ele, com uns moribondos fazendo casa pelas partes dele e as caças passando por debaixo. Fica uma estatua.

Deixa lá. Bem tu anda, peste, que eu lhe esporio e assim andemos e de noite Amaro conta histórias de trancoso, depois que a gente amarremos o bicho bem amarrado e demos água a ele e ficamos lá e Amaro diz: foi um dia uma vaca vitória, deu um peido se acabou-se a história e a gente damos muitas risadas e, como não temos mais o que dizer, só ficamos repetindo foi um dia uma vaca vitória deu um peido se acabou-se a história, mesmo porque Amaro se esquece do começo ou do fim das histórias, às vezes esquece do meio, às vezes esquece do fim, às vezes esquece do começo e diz assim: essa eu começo do meio, essa eu começo pelo fim, conforme. Tem umas que só se lembra uns pedaços ali, outros pedaços lá. Nos princípios não dá vontade nem de contar nem de ouvir, mas depois não tem diferença, contanto que tenha uma história, que depois a gente vai botando o meio ou depois o fim, ou então não bota nada e fica lá. Amaro se lembra de uma história de uma velha que comeu um macaquinho e o macaquinho depois de dois dias ela botou vivo, vivo, no pinico. Como é, Amaro, ah-hum. Como é as histórias do macaco? Então se deu-se que a velha comeu o macaco, mas o macaco saiu inteiro, quer dizer, ela botou inteiro, e como foi que esse macaco saiu inteiro? Bom, isso a história não diz, é porque é um bicho muito safado, comeu assim sem uma nem duas, ele sai inteiro. Apois: saiu inteiro e cantou: eu vi, eu vi o cuzinho da velha, é preto e branco e amarelo. Como é, Amaro, cante aí. Eu vi, eu vi, e eu sorrio muito, sorrio que me engasgo, às vezes sorrio mais do que eu pensava que tinha condição de sorrir, fico só pensando no diacho da velha com dor de barriga, e que cu é esse que é preto e branco e amarelo? Como é, Amaro, quem ensinou essa cantiga ao macaco, e a gente cantamos o tempo todo, quando a gente não temos mesmo o que fazer e damos muitas risadas e depois paramos e voltamos de novo, até que paramos de dar risadas e aí só fica umas espremidazinhas: ai, ai. Ui, ui. An. Como é, Amaro, e ele bate palma, e tome-lhe cantiga. Já se viu isso, um macaco saindo ali desse cu dessa velha, veja. Homem creia. Me creia. É preto e branco e amarelo, coitada da velha, deve ser isso mesmo. É negócio comer macaco, destá. Hem, Amaro, agora mesmo a gente podia estar em Tacaratu, na festa da Nossa Senhora da Saúde, já pensou como a gente estava lá agora? Hem? Nem fale, boa festa.

Tem uns bons pernambucanos, hem Amaro, pelo menos não é gente frouxa por lá, tem homens, como nas Alagoas. No Piauí, no Ceará, nas Alagoas, canta Amaro, no Piauí, no Ceará, nas Alagoas o macaco voa, o macaco voa. Gostei disso: no Piauí, no Ceará, nas Alagoas o macaco voa, o macaco voa, gostei dessa, que macaco retado. Como é esse macaco que voa Amaro? Bom, tem umas asas, umas asas de macaco mesmo, umas asas de carne, como morcego, aquelas asonas de macaco, só vendo. Deixe de lorota, tu anda contando potoca, nunca ninguém me disse que macaco avoa, macaco não é avião. É no Piauí, disse Amaro, no Ceará e nas Alagoas. Bom, só se é lá, porque nunca se disse que um macaco sergipano avoa, esses tenho certeza. É no Piauí, mestre, diz Amaro. Pronto, lá possa ser. Até que se um macaco desses de aviação passasse aqui batendo asa, até que a gente podia matar um bicho desses, para ver se tinha o que comer. Cada casa parece um prato de comida, mas o melhor é ir desafastando das casas que não se sabe de quem é, porque pode dar complicação, o melhor é não trastejar na vigilância, arreceio tudo numa hora dessas. Por isso que um macaco desses piauizeiros dando uma avoadazinha pelaqui não era ruim. Se tivesse um cachorro também, porque nesse mato tem caças e nesses morros tem preás, mas quem pega? Inclusivo, melhor era uma baleadeira para caçar aqui do que essas armas, porque uma desgraça duma fogopagou que se dê um tiro com esse armamento, uma fogopagou nem fica nada dela, porque isso tudo é arma de matar boi. Esse teiú que nós caçamos, caçamos sem querer, porque Amaro viu a toca e se aprestou. Paciência assim nunca vi, é que nem um perdigueiro e ficou lá deitado, até que o teiú se mexeu e ele quis pegar, mas o bicho entrou de novo, mas Amaro se afincou outra vez perto da toca, com meu chimite de cão puxado, esperando. Que paciência, não sei se é ruindade ou santidade. Até que eu ajudei e fui cavando um pouco de facão e alacei a toca, essas alturas o bicho não sei nem aonde é que estava, mas depois que eu saí Amaro ficou na beira muito do calado, ficou horas, e eu sei é que terminou agarrando o bicho e nós comemos. Vou tirar esse couro desse teiú para dar a uma mulher, disse Amaro, mulher gosta muito de couro de teiú. Eu mesmo nunca vi mulher nenhuma dizer que gosta de couro de teiú, esse Amaro sabe de coisa. Bom, deixa tirar. A carne parece de galinha, só que mais desfiapada e todo ele parece um calangro grande e não tem muito gosto de nada assado assim na brasa e sem sal, com tanto sal que tinha lá com o padre para os batizados, esqueci de pedir um cadinho para trazer, quem é burro pede a Deus que mate e o diabo que carregue, é isso mesmo. Teiú sem sal. Melhor do que nada e até o trempe comeu uns pedaços, pensei que ia fazer chiquê fez nada, comeu tudo direitinho e mais lhe desse. Amaro, tu é um caçador de teiú retado. Nunca cacei não, disse Amaro, mas eu estava com um buraco na barriga, isso era o que eu estava. Um gosto da pustema, lá isso tem esse teiú, mas bem que o tempero da comida é a fome, e até parece que esse peste está indo a locé às vezes, veja como muda, anda até sem esporar. Mas isso de passar fome nos matos, isso nessas brenhas não é boa coisa. Vez em vez, pego o animal e espio nas gengivas. Espio para ver como está a situação, belisco os beiços e espio de perto, muito bem, sim senhor, estamos de gengivas ótimas, nem parece. Ô Amaro, se sair dessa encrencada, vou ser dentista em Aracaju. Em Aracaju não, nem em Estância, que tem outros. Mas em Porto da Folha garanto que eu vou ser o melhor dentista, ou senão em Muribeca, lá o povo nem sabe que tem dessas coisas de dentista. Estamos ótimos de gengiva, an-bem, possa ser que eu tire mais uns quatro logo, que é para descompletar. A nestesia está aqui mesmo, olhe aqui, olhe. Hum.

Até que quando está verde é bom. É um verdume. Sergipe é o lugar mais verde que tem, quando está verde, porque às vezes esturrica e amarronza e entristece. Mas quando está verde assim é o mais verde que tem e a gente vê diversas cores de mato, umas mais verdes outras menas, dependendo, e tudo cheira. Poucos matos ruins, maioria matos bons, descansados, e as vistas corre de leve por riba, é um verdume de fartura. Digo isso a Luzinete, que está aqui deitada e nós tamos na casa dela, nas beiras de Japaratuba, e ela tem um xodó comigo, é enrabichada e é bom saber disso, por causo de que é eu sentir e é ela fazer, basta eu levantar a cara. É um diabo duma mulher grande, duas braças de mulher de cima para baixo, cinco arrobas de mulher da legítima, no pesado, uma mulher boa e quer que eu faça um filho nela e fique aqui morando, só fazendo mais filho. Eu disse, se eu faço um filho, o que é que eu estou fazendo? Estou é ficando por aqui, estou é pensando na criação. E depois me amarro, fico parado e cheio de raiz, não me serve. Quando eu fui chegando eu fui me ajeitando, era de noitinha, e só tive tempo de dizer o que era que a gente estava fazendo e amarrar o bicho bem amarrado e soltar Amaro numa esteira, que foi logo ela me arrancando a camisa e a calça e foi logo me arrumando em cima dela, e deu um suspiro. Sim, que eu não vejo mulher não sei desquando, mas ainda disse tem uns dias que eu não tomo banho, ando nas brenhas, devo estar com um cheiro da pega mesmo. E ela disse, é o cheiro do homem que mais eu gosto, disse ela, e eu fui sentindo aquele negócio se desencolher de dentro das minhas verilhas e foi uma salvação, quer dizer, foi bom, e chegou a doer, e ela faz falando, só faz falando e fazendo zuada e dizendo: me enxerte, meu filho, me enxerte, meu santinho, enxerte essa mulher toda, encha ela toda meu cavalo trepador, ai taca, e vai se enroscando até misturar: eu gosto. Mas não quero lhe enxertar, já disse. An-bem, um dia você pega juízo e vai. Pois que eu só vou ficar aqui mais uns dias, o tempo de descansar, que eu vou me arrumar daqui para Aracaju de qualquer jeito, não tem gueguê nem gagá, pode crer. Os olhos me perturba, isso é verdade, porque é uns olhos lustrosos e grandes e uns olhos muito devagar, que me olha fundo. Ou me passeia em cima, quase engordurando, dá para sentir. Na hora mesmo não porque na hora dá vontade de lascar, assim estufando por dentro e eu espio entrar e quanto mais entra mais eu tenho vontade que entre e tenho vontade de abrir mais e levanto a cara e espio outra vez entrando e vou alisando e repuxando e dou umas mordidas, ai meu Deus, tenho vontade de dar umas porradas e perguntando a ela você quer umas porradas minha filha e ela dizendo bata nela, bata nela que ela é sua. Me mate, ela dizendo. Ai meu bom Jesus, vuct-vuct. Cafute-cafute. Hum.

O destacamento de Japaratuba quase não tem. Só quando tem eleição, aí tem. Mas não tendo eleição, quase que não tem, é uma besteira. Mesmo tendo, não é muita coisa. Tem uma casa alta, com o telhado de banda. De dois lados, dá para nada. Dum lado, um terreno muito gramado, que tem sempre sombra, por causa dumas plantas e fica sempre um pouco molhado, porque umas mulheres estende a roupa ali, lençol, fronha e tudo. Na frente, tem um batente que dá para uma porta alta, mais ou menos vermelha, de duas bandas, que está sempre aberta só uma banda, e tem umas janelas altas, da mesma cor. Do outro lado, dá numa casa não sei de quem, mas no meio tem um devão com um portão de pau e se passando por ali vai dar no quintal, que é pouca coisa e não tem nada, mas dá saída por um muro baixo, com cacos de garrafa. Pode-se olhar junto do muro: sempre tem um que mija junto do muro e se tiver um pé de pimenteira é bom para as pimentas, que arde mais. Tem uns pés de tomateiro e uns quiabos, com umas folhas largas, e uns pimentãos e umas coisas dessas e tudo fica ali no sossego dias e dias, um ventinho sacudindo de quando em vez e uma pessoa olhando da janela sem prestar atenção e cuspindo de lado às vezes. Mas teve alguém que se abaixou ali e plantou aqueles quiabos e tomates e pimentãos e pensa neles, isso deve ter, porque é um canteiro estrumado e limpo, e todo tomate tem um pai, pode se dizer. O muro dos cacos de garrafa se pula, aqueles cacos não corta nada, fica tudo cego e esbotado. Na frente tem um largo com mais gramas e uns capins e por ali ninguém me pega, porque por ali se pega todos os caminhos. Solto num cavalo, ainda hoje, quero ver quem me pega, ah meu nome é Getúlio, minha flor. E nesse largo tem como que uns montinhos baixos mas largos, que as patas do cavalo não empata e está tudo ótimo. Por que que eu vou não sei, só que estou com vontade de fazer uma arrelia, uma coisa assim, só para demons-trar. Precisar não preciso de uma máquina dessas, mesmo porque não acredito que tenha uma em Japaratuba, com um destacamento marca roscofe desses que tem lá. An-bem, mas eu vou. Digo isso não sei direito por que, acho que é porque não estou tendo vontade de sair mais daqui e me dá uns arrupios quando eu vejo que não estou tendo mais vontade de sair daqui. Amaro, então, nem se fala, fica tomando leite de cabra, que nem um bezerro, vai cevar. Entra e sai e dá uns assobios e quando para é para olhar a espingarda, é uma agonia. Eu mesmo, quando estou deitado aqui e olhando o embigo dela, fico que nem sei. Quando eu olho o embigo, às vezes me dá tenção de assoprar, às vezes de meter a língua. Quando ela está em pé é melhor, porque a barriga faz uma curva para fora e se vê com mais contorno as duas coisas: a barriga e o embigo. Eu fico pensando, taí, olhaí essa vaca, não é que essa vaca é minha, e acho ótimo. Quando eu olho o seu embigo, minha filha, me dá uma tesão. É por isso que eu não estou com vontade de sair e aí vou lá buscar essa metralhadora que disseram a Amaro que tem lá, só para tirar a teima e para ver se tem mesmo, porque não vejo muitas metralhadoras por aqui, essa é que é a verdade e mesmo não gosto muito delas. Gosto de uma arma que atira com precisão, é isso que eu gosto, e elas estragam muito, não sei. Bom, vou lá. É verdade que fica esse embigo aí assim e não me dá vontade. Às vezes, penso: sabe o que é que eu faço? Penso assim: fico aqui mesmo e me emperno com ela, é uma boa mulher, é uma mulher como outra qualquer, só que das boas. E penso assim: amarro esse trempe aí e vou deixando, até abestalhar. Até esturricar. Ou senão dou um fim logo nele, enterro e acabou e vou ficando. Faço um filho, faço dois filhos, faço uma ruma de filhos. É uma mulher retada. Se eu digo: não gostei dessa peste dessa moringa, ela vai e quebra a moringa e ainda diz não sei como essa peste dessa moringa veio parar aqui, não suporto essa moringa. E se na hora que ela vai quebrar eu digo mas que moringa bonita da moléstia já se viu um diacho duma moringa bonita assim, ela pega a moringa, abraça ela e diz que uma moringa porreta assim ela só tem porque eu gosto. Eu bem que podia ficar o dia todo fazendo ela pegar e soltar a moringa, mas fico com pena e aí paro. Melhor espiar o embigo, que não é um embigo desse para fora que tem na maior parte, nem desses batatudos, que é de choro demais em criança; nem também é um embigo desses todos para dentro demais, que as beiradas fica pretas; sai um pouco em cima; agora embaixo fica uma concha dobrada que quando sobe vai virando para fora e nessa concha termina uns cabelinhos que vem de baixo quase que nem se enxergando e dentro dessa concha sempre é cheiroso. É uma paisagem. Uns filhos, mas o bom mais é emprenhar. Isso me disse o doutor Renivaldo, que por sinal tem um engenho aqui mesmo, me disse ele que vai para o Rio de Janeiro e dorme com as melhores mulheres, cada mulher que só vendo. Mas sabe mesmo de que é que eu gosto, seu Getúlio? Eu gosto é no tempo de cortar a cana, quando tem as mulheres lá cortando cana e eu vou de cavalo correndo o canavial, e aí é que eu gosto, porque está ali uma de lenço na cabeça amarrado, cortando sua cana e toda suadinha e eu vou chegando, nem falo nada. Derribo no chão e ela também não fala nada, fica derribada e ali mesmo, sem dar tenção, ali mesmo eu escabaço e gosto de ficar pensando que estou emprenhando todas as vezes. Depois dou uma casa a ela e caso ela, se ela quiser. Mas é assim que eu gosto, prefiro muitíssimo. Bom, mas isso é coisa de usineiro, eu não tenho usina e se for derribar uma mulher cortando cana vou ter que empacotar a família dela toda, ou senão casar, ou senão deixar eles me empacotar. Fico pensando que eu podia levar Luzinete para o canavial e derribar ela no meio das canas, mas me sinto meio besta, deixa isso assim mesmo, que é que tem essa cama. Agora enxertar às vezes penso que é bom, às vezes penso que não é. Porque emprenhar a mulher é bom, e ver a mulher inchando todo dia, inchando, inchando, e passar a mão em cima, mas depois nasce o filho e aí possa ser que não seja mais bom, porque o raio do menino cresce e anda e faz perguntas, muitas que a gente não quer responder, porque incomoda. E vai querer uma porção de coisas, nem sei. Fica gente, não posso tolerar, não sei. Depois tem ela fazendo perguntas também e mulher depois que tem o filho fica como galinha choca, difere. Não sei. Não dou para isso, ficando aqui. Que é que eu posso ter, uns roçados? E que é que eu posso fazer aqui? É ficar tendo uns roçados e todo dia roçando e indo na cidade com um sapato apertado e vendo a mulher parir e ouvindo o menino chorar e me amofinando. Depois morro e pronto. Morri. Ora, merda, tudo é assim, isso não é uma merda. Por isso que estou andando, porque quando estou andando não estou pensando e quando estou fazendo não estou nem sabendo, é isso.

Razão essa por que eu estou metido nesse timão preto, que é de Luzinete, enfiado por dentro das calças, que é para ninguém ver que estou de saia e montado num burro preto e tirei as esporas que é para não estilinrar e rebrilhar nessa meia lua aí e estou perto da igreja, ouvindo cada bacurau que é uma festa de bacurais, inclusive tem umas respostas, acho que de pai para filho e de mãe para filha, de bacurau para bacurauinho, eta, mas que vai ser um sarseiro, vai, quando eu entrar. Estou assombrando, com essa cara que eu estou, pode crer. Hem, Amaro, se eu tivesse um dente de ouro na frente essas alturas, estava escritinho o cão, cagado e cuspido, eu mesmo não me olhava no espelho, inda mais com essas corujonas piando aí. Toda casa grande aqui tem corujas, mas é bom, que come ratos e umas pragas assim, eu até que acho coruja bonitinho, bem olhada, mais do que aquele galo que não se vê agora mas que eu sei que está empinado em cima do oitão não sei para que, porque coruja tem aquela cara toda fofa, eu gosto, só não gosto dumas corujonas que estrala o bico, é cada estralo que chega estremece, já viu? Ele fica assim parado e espia para a frente e pisca as vistas sem nem dar mostra, dá um estralo com o bico, aquilo alto que parece uma martelada seca, ave Maria. Esse eu não suporto, me dá umas parenças que tira o dedo fora, se deixar. E deve de tirar porque papagaio tira, já viu? Apois tira. Bom, mas é isso mesmo, assim de noite só pode dar corujona mesmo, tomara que elas comam essa morcegada toda que deve ter aí nos ocos da igreja, não tolero morcego. Só é bom para experimentar dar uns tiros, quando eles estão todos dependurados de cabeça para baixo feito uns badalos, mas só dá para dar um tiro, visto que depois do primeiro só se vê morcego doido pelos ares e aí não tem quem acerte mesmo, ô raça nojenta e ainda faz qui-qui-qui quando está voando, um barulho que um cristão não pode suportar. Se eu pudesse, não tinha morcego. É por isso que eu não entro em nenhumas grotas, nada de socavão, se encostar um em mim é a mesma coisa que me dar um copo de água morna, lanço logo até o fato. Ah-bom, tu fica aqui encostado comigo e espera que a luz da coletoria apague, porque o coletor fica acordado, lendo uns livros. Deve de estar estudando tomar o dinheiro dos outros mais do que ele já toma, com aquele bigodinho, tu conhece ele? Não perde nada, aquilo não vale um derréis de mel coado. Devo estar uma novidade, aqui todo de preto, só não gosto de estar amuntado em burro, já sentiu que esse burro daqui está bufando, só quero que não apareça aí uma jega para ele não querer cobrir agora, que vai ser graça isso. Esse burro eu conheço ele, é uma safadeza e fica aí bufando. Bom a salvação é que essa cidade aquieta logo, fica essa paradeira, e se não fosse o estrumado do coletor lá de lamparina acesa, bem que eu já tinha entrado naquela delegacia para buscar o material. Tu não acha que entrar nesta certa delegacia para apanhar essa certa metralhadora é roubo, porque eu não sou ladrão. Pode ser crime, mas não é roubo, porque tirar coisa de delegacia não deve ser roubo, pode ser crime. Pode ser o que quiser, em mim não pega nada, eu sou eu e nicuri é o diabo, campe-se. Agora, esse coletor fica lá arrastando os chichelos pelo chão e lendo as besteiras dele e empatando os outros. Não é por nada, é porque, depois dele apagado, dá trabalho para acender de novo e se ele estiver em pé possa ser que eu tenha de atirar na cara dele com essa botina dessa carabina e aí não ia sobrar coletor mais nem em miúdos, rapaz eu ando doido para ver essa bicha atirando, deve ser um desprecato. Mas olhe, não puxe esses cãos agora, que essa merda não tem regulador e esses burros pode passarinhar e aí você vai ficar até dando tiro de chumbo para o céu, não fica bem, possa ser que fure o chapéu do santo, uma coisa dessas. Eu fico pensando assim aqui de preto se eu fosse para o cangaço, se tivesse cangaço. Antigamente, eu tinha raiva de cangaceiro, acho que até ontem, tresantonte, antes do antes, mas agora não tenho mais, que é que eu posso fazer. Pois podia ser do cangaço, apois, se tivesse cangaço. Como não tem, fico aqui. Ô Amaro, iú, ô fulô, se eu fosse Lampião tu ia ser Maria Bonita? Olhaí, hum. Disse uma vez, digo duas e três, que tu é frouxo por demasiado, fica aí mastigando essa lasca de couro parecendo um bode, homem creia. Já estou cansado de ficar aqui, daqui a pouco me pico pelaquela porta de burro e tudo e estrompo a guarnição e carrego as coisas. Estou melhor do que o reis da Hungria, aqui todo de preto, hum, bem que podia ser um cavalo sem ser um cavalo chotão como essas pestes que eu vi pelaí, mas um cavalo desses que os cascos parece de cortiça, um cavalo que morde a brida, baixa a cara e arresfolega fumaça, desses é que podia ser, e eu melhor e mais bonito e mais valente do que o reis da Hungria, esperando o combate. Ninguém me segura, vai ser de burro mesmo, quero ver. Eu estou pensando: se um peste desses da delegacia me conhece, vai morrer, para não sair dando testemunho pelo mundo. Mas depois eu digo, oras seu mano que besteira, pode dizer que é Getúlio, que foi eu que arrombou essa castanha, deu uns croques na putada toda, mijou na sala e arremeteu pelos matos, como faísca de coriscos, vaite. Hum. Ajeito seu qualquer que dê seu grito ou faça sua valentia, acho que eu estou ficando mais ruim, ah-bom. Está cheio de viado ali dentro e vai ser assim, não quero nem saber o que é que vão dizer depois. Por mim.

Quando eu desbarafustei nos pinotes pela porta, carregando uma fieira de pau furado enfiado nos ombros pelas alças, Amaro saiu que saiu embucetado de trás dos pés de árvore, arrastando um burro e amuntado no outro e fazendo um esporro retado e os burros galopando daquele jeito de burro com a garupa empinando e a janela do coletor ficou logo iluminada e foi grito de mulher que não tinha mais para aonde e um homem saiu de cueca de dentro e apontou um vinchesta para o lado da gente e eu berrei: olha a vida, Amaro! e Amaro não conversou, enrolou a corda do cabresto do meu burro no peador, nem sei como rodeou na cangalha, e levantou a bichinha bem em cima do atirador que foi uma só: tun! e não pegou nele, mas pegou no telhado de cima dele e avoou foi pedaço de barro e foi uma fumaceira e Amaro quase que despenca da cangalha, aquela desgraça tem um coice quase igual ao tiro, só mesmo para aquele padre grande atirar sem cair para trás. Isso tudo muito ligeiro, que eu já vinha azuretado, porque lá dentro tinha muito mais soldado do que eu pensava que tinha e quase que me agarram e só não agarraram porque pensaram possa ser que eu fosse visagem e porque tudo dorme desprevenido. Quando eu entrei, a desgrama da porta, que fica aberta por causa da quentura, deu um range e eu aí parei e espiei lá dentro. Eu dava tudo para ter um dente de ouro nessa hora, porque lá dentro tinha um cabo verde dormindo que acordou na hora que a porta rangiu e eu nem precisava encostar nele, se tivesse o dente de ouro, bastava dar uma risada alumiada, que ele amunhecava de medo, preto assim tem um medo do diabo que só vendo, porque está mais perto, acho. Eu disse: dormindo na sua cama de vara, seu pirobo, agora veja essa peixeira que eu truxe, que deixei envenenada dentro dum rato morto duas semanas e tem um anzol no bico que é para eu arrancar um pedaço de sua tripa quando ela sair da sua barriga e tomar com cachaça, porque se tem uma coisa boa essa coisa é uma tripa de cabra safado assada de tiragosto, fritada na farinha do reino. Disse no ouvido dele, para não fazer barulho, e de fato tinha uma peixeira na minha mão das melhores, que eu carreguei de Luzinete e passei o dia inteiro amolando, mas não tinha anzol, porque eu não sou pernambucano para gostar de comer tripa do inimigo, e eu nem estava com vontade de sangrar aquele cabo verde que até estava ficando branco de medo e tive de meter a mão na boca dele para ele não botar a boca no mundo e ele ficou unf unf e sacudindo as pernas, mas eu encostei a pontinha da peixeira e fui rodando, encostei a ponta da peixeira numa costela dele que ele estava sem camisa, e fui rodando, sem porém enfiar muitíssimo, só a pontinha até ficar vermelho e ele sentir. Olhe, seu peste, se piar lhe faço-lhe de churrasco nestante, onde é que fica as armas daqui. Aí tive de ficar esperando, que ele quando eu soltava um pouco a boca só parecia que estava com vontade de rezar e eu fiquei assim assuntando, quase que sento numa cadeira que tem lá e fico olhando ele se remexer. Vosmecê é quem? Ah, eu? Eu sou o esprito do dono de seu avô escravo, fidumaégua, e é agora! Mas ele ficava com atitude de reza, estava mesmo uma papa de frouxidão e aí eu botei ele em pé, que era pequeno e fraco como nem sei e disse: é só me levar no armário, que eu quero pegar umas coisas, vosmecê deve ser baiano, preto e tremendo assim, só pode ser baiano. Aí ele disse pelo amor de Deus, que eu sou de Muribeca, e eu quase dou uma gaitada porque outro muribequense é Amaro que está lá fora e não deve estar passando muito melhor do que esse daqui, lá no meio das corujas na escuridão, segurando um burro e uma espingarda. Está certo, vosmecê é muribequense, agora amostre aonde está o negócio e fui levando ele com o braço torcido para o lado assim e cheguemos defronte dum armário, quem disse que tinha metralhadora nem nada, só tinha uns fuzios velhos, que eu fui pegando e enfiando no braço, nisso que me entra que parecia uma chuva de cabeça de gente, bem umas quatro, uma atrás da outra, sendo que uma de chapéu e uma disse: que foi que teve aí? Foi o cão, eu disse, e aí achei que devia de vastar, porque era muita gente e podia ter mais armas que não aquelas que eu apanhei e tive que vastar e aí levantei o pé e dei um chute de bico no traseiro do caboverde e empurrei ele em cima do resto e me piquei, que foi quando eu apareci pela porta e pensando para que diacho que eu quero vim aqui nessas horas da noite apanhar umas armas velhas me arriscando a tomar um tiro sem necessidade? Não faço somente o que eu preciso, mas também faço o que eu quero, pronto, e fui vendo Amaro se despachando na porta, só que na afobação descarregou os dois canos em cima do telhado do homem e possa ser que alguém tenha mais outra arma e queira abrir fogo, de maneiras que foi só me arrumar na direção de Amaro e subir no burro, que estava mesmo num assanhamento danado e Amaro ainda segurando a corda do cabresto enrolada mais ou menos na canela, não sei como, e uma fumaceira infeliz e mais uma porção de cabras saindo de dentro da delegacia nos atropelos, as mulheres sem parar de gritar. Aí eu disse se pilhe, Amaro, que agora vai ser de jeito e qualidade, não quero nem apreciar. Ele nem viu nada, foi que foi desenroscando a corda do pé, que eu só tive tempo de subir no burro, dar com o calcanhar nele e sair ripado pelo caminho da praça. Minha sorte é que esse burro já conhece o caminho, é só soltar que ele vai e vai bem, porque ainda estou para ver um burro que goste de ouvir tiro ou passar em ponte, que nenhum passa por gosto, acho que tem medo de cair, e lá vou eu, melhor do que o reis da Hungria, não quero nem olhar para trás. Temos um bom caminho para essa carreira e o melhor que se faz é pegar pelos matos mesmo, de qualquer forma o caboverde deve estar dizendo que foi alma penada e inda vai demorar que venha um atrás, ainda mais que a lua está murcha e sem luz e é escuro. Bom, Amaro, vá baixando a cabeça por causo de qualquer galho de pau que tenha na frente e vá remando aí e pode até fechar as vistas, que os bichos não erra e chega em casa direitinho. Amaro perguntou se eu apanhei alguma coisa e eu respondi que queria apanhar era o cabruquento que disse que tinha uma metralhadora dentro da delegacia de Japaratuba, só tinha mesmo esses fuzios velhos e umas cartucheiras que eu nem dei ousadia, essas pestes se duvidar nem fogo fazem mais, an-bem, fui porque quis e gostei de ver o jeito que essa bichinha aí ia quase derrubando a casa do homem toda, também o que é que ele queria com aquele repetição em cima da gente. Quando eu saí e até tropecei na saída da porta e arrumei o dedão num pedaço de ferro que tinha saindo do chão, quando eu saí e gritei vai Amaro que eu matei vinte e três aí dentro, posso jurar que tu acreditou, mas se não tinha uma vintena, bem que tinha um renque de cotia lá dentro, porque só se viu foi cabeça aparecendo. Depois diz que eu não sou bom. Se eu fosse ruim, tinha parado ali e catado aquela putada toda na ponta do rifle, que era fácil, estava tudo correndo como umas cotias mesmo, umas caças no meio dum descampado, isso era o que era. Mas não fiz nem mira em nenhum. Agora, que dava vontade de parar aqui e esperar, isso dava, porque ia ser uma facilidade, mas primeiro estou com um ranho no nariz que pode ser defluxo e esse sereno piora, e por segundo ninguém vem atrás mesmo, aquilo não tem cara de boa guarnição e terço esse califom de Luzinete fica me empatando nas partes e esses bicos parece que arranha, não sei como mulher aguenta usar esse trembique, com essas farpas que tem aqui. Pode dizer que já me vesti de mulher, quando entrei na delegacia de Japaratuba, quando entrei na delegacia de Japaratuba e lá, na vista de todos machos que diz que tem lá e mais tivesse, na vista de todos machos que tem lá, fui entrando, fui abrindo e fui panhando o que bem quis e é isso mesmo, mulungu. Precisar não preciso, fui só de abuso, graças a Deus.

Pois é, Luzinete, olhando assim pela janela, podia ficar aqui. Mas tem horas que se pode ficar, horas que não se admite. É assim. É como certas horas que um fole tocando lhe alegra, outras horas dá vontade de dar porrada no sanfoneiro. É a mesma coisa. Por isso certas horas, com o cotovelo na janela, quando tu volta de lavar roupa ainda com as mãos encorujadas de água e umas manchas de anil e eu fico olhando o verdume, essas horas pode ser. Porque o que é que tem depois? Tem o seguinte: eu fico achando graça em tudo, e com muita preguiça. E eu sei que não vai ter nada para fazer, nem hoje nem amanhã. E eu sei que, voltando você, a gente pode esperar comer, que vai sair e a gente pode dizer que horas quer que saia o de comer. E pode ficar prosando o que quiser, tomando umas coisas, e de repente vem uma novidade: um caranguejo. Ou dois. A gente fica muito satisfeito com aquele caranguejo, tu escalda e a gente chupa as pernas e fica e é uma tarde tão comprida e depois a gente come à vontade e vai dormir. Diga se não é? Ora, ora. Ôi fresca, hum? Quem perturba, hum? Umas comilanças e umas dormidas e vaite para a sorete quem quiser, adeus. Mas, quando não é isso, tem conversas ou então não tem nada e a gente fica tendo de andar para riba e para baixo, pegando numa coisa aqui outra lá, sacudindo uma tira de couro no ar e chutando umas pedras. Assim não pode, não quero. Me diga-me, vamos para o cangaço? Eu sei que não tem mais cangaço, mas se tivesse você ia? Não ia, você é mulher que gosta mais de um filho no bucho e de um homem na cama e de morte morrida. Eu não, que na minha mão tem uma linha riscando a linha maior, que diz: morte matada. Isso é fato, não tem como correr. É melhor, dói menos e dá menos transtorno. Nessa morte eu acredito, porque não posso pensar que eu vou ficar velho e sem dente e minha mão vai tremer. Uma coisa que não existe é Getúlio velho, só existe Getúlio homem inteiro, não posso ficar de boca mole, falando porque no meu tempo isso no meu tempo aquilo. Verdade que tem certos velhos que ainda são machos, mas esses é do tempo antigo, não é hoje. Antigamente, tinha umas mágicas, acho. Se tivesse cangaço, eu ia para o cangaço, com um chapéu de estrelas prateadas e ia me chamar Dragão Manjaléu e ia falar pouco e fazer muito. Quando entrasse, entrava batendo os pés. Quando amuntasse, amuntava com o peito inchado e a cara para cima, com as vistas na frente, sempre. Quando marchasse, marchava rodando o corpo e cheirando o vento. Quando comesse, comia aos batoques, levando a faca na boca. Eu ia ser o maior cangaceiro do Brasil, o maior piloto de jagunço do Brasil e ia ter a maior tropa. E não me chamasse de sargento, me chamasse de capitão. Ou me chamasse de major. Um tenente que eu cortasse a cabeça, arrancava os dentes e fazia um colar. Quantos tenentes cortasse a cabeça, tantos tenentes arrancava os dentes. E todos os lugares que chegasse, dava uns urros bem altos para quebrar vidraças e tomava duas pipas de cachaça de cada vez e comia dois cabritos sozinho ou então um bezerro e assoprava para arrancar os pés de árvore do chão e quando eu batesse a coronha no chão, o chão tremia todo e as frutas despencavam. Dragão Manjaléu, pode me chamar. Luzinete, eu vou ser é deputado e vou fumar uns charutos. Amaro pode guiar meu carro, que eu deixo. Para ser deputado não é preciso nada. Se eu fosse deputado, você ia, não ia? Para ficar toda lorde, e aprendia a falar difícil, não aprendia? Aí quando eu chegasse na câmara com esse traste dali amarrado pelo pescoço, eu dizia a meus corligionários, olhe aqui esse presente e sabe o que é que eu vou fazer com esse presente? Vou enforcar esse presente para todo mundo ver, e enforcava ele no pé da mesa da sala. E dizia: esse palmo de língua de fora eu dou à mulher do governador, que fala muito e nem repara. Esse pescoço quebrado eu dou aos doutores de medicina, que é para ver como é um pescoço bem quebrado. Esses braços dependurados eu dou ao povo, que é para o povo me abraçar. Essas pernas assim bambas eu também dou ao povo, que é para o povo andar. E por aí eu ia, dava o trempe todo e depois saía e ia na rádio difusora e botava um lenço no bolso e um duque de diagonal e sapato carrapeta marrom e branco e ia jogar baralho a dinheiro. Tu não acha que eu tenho jeito para deputado? Eu acho que eu tenho, pode crer, eu ia ser um bom deputado. Isso se eu quisesse ser deputado. Tu se lembra do chefe? Esse também agora é deputado, eu acho, me mandou eu buscar esse traste em Paulo Afonso e agora vieram me dizer que não levasse mais ele para Aracaju, ordem do chefe. Não acredito nisso, tu crê? Possa ser, mas agora eu levo de qualquer jeito. Ontem eu disse que levava, hoje eu nem sei bem, porque me dá mesmo uma moleza isso aqui, mas como é que eu posso viver assim? É como eu digo: muitas vezes, numa hora como essa, a gente pensa que o mundo para. Mas não para nada, se sabe. Tem uma porção de gente se mexendo, e eu aqui no meio, paradão. Mas parado como um peixe junto das pedras dum riacho, que se você quiser mexer perto ele dá uma rabanada e some. Porque é assim que eu sou. Veja que povo mole, veja que povo mais burro. Eu vou lá, pego essa porcariada toda, faço cosca de faca nas costelas dum soldado caboverde e venho bendomeu aqui para perto e não tem nada. Então eu podia morrer de velho, não podia? Podia. Podia ficar aqui e todo ano lhe emprenhar certo para vir um filho em janeiro, que é princípios do ano e acerta mais. Não ia nascer mulher, só ia nascer um bando de macho e eu botava uns nomes de macho e depois a gente tomava essas terras que tem aí e armava umas tropas de mais macho e ficava dono do mundo aqui, cada filho arranjando outra mulher, cada mulher parindo mais macho e nós mandando, e quando eu morresse, avô de todos, pai direto ou por tabela, me enterravam ali e botavam em riba uma cruz com o Senhor crucificado e quem passasse ia dizer: aquela cruz é do finado, se não se benzer ele ainda vem e lhe pega. A machidão toda aí, era Garanhão Santos Bezerra, Malvadeza Santos Bezerra, Abusado Santos Bezerra, Tombatudo Santos Bezerra, Comegente Santos Bezerra, Enrabador Santos Bezerra, Rombaquirica Santos Bezerra, Sangrador Santos Bezerra, Vencecavalo Santos Bezerra, todo mundo. Tu bem que ia gostar disso, eu acho. Um belo dia, Vencecavalo Santos Bezerra ia pela rodagem e encontrou uma tropa de burros atravessando um caminho que só dava um de cada lado, e Vencecavalo disse aos homens da tropa: peço passagem, porque sou mais homem, e sua tropa pode muito bem esperar que eu passe, bem descansado, bem devagar e assobiando, ainda mais que eu sou o Reis de Sergipe da Coroa. E o tropeiro disse: pode vosmecê achar que vosmecê é mais homem do que nós, e achar que é o Reis de Sergipe da Coroa, mas nós bem que não achemos isso, aliás nós achemos que semos mais homem do que vosmecê e por isso mesmo vosmecê vai ficar aí sentadinho, esperando até que o derradeiro dos burro passe, de formas que vosmecê vai poder então passar, isso se eu quiser. Aí que Vencecavalo disse: veja bem, seu minhoca amarelão, escute bem, largata mole, olhe o que eu estou lhe dizendo, cara de besouro bostento, assunte, boi pegado na saia dador de venta, atente, que eu só falo uma vez, coração de caga-sebo: quando eu nasci, desceu uns arcanjos para me presentear, e São Romão me coroar e eu era tão forte que minha cama era de aço com prata e quando eu chorava chovia aqui e na Bahia e minha mama era o leite de quatro vacas douradas landesas e posso lhe dizer: está vendo esse braço daqui? Pois com esse braço eu derrubo esse morro de seiscentas mil arrobas em cima de sua cabeça. E se eu lhe der uma dentada, eu lhe tiro sua cabeça fora só com uma mordida. Se eu lhe cuspir e pegar no olho, eu lhe cego. Se eu bater palma deixo a tropa toda surda. E se eu chutar essa mula madrinha, ela vai parar no jebe-jebe de penedo, é o que eu estou lhe dizendo. E aí ficou no seu cavalo árdico, empinado, estufado e aguardando resposta. De junto dele só tinha sombra, porque o sol não era besta de encostar. Pois então o tropeiro tirou uma garruncha e fez fogo contra Vencecavalo Santos Bezerra, e os outros tropeiros também fizeram fogo e foi a coisa mais sem juízo que eles fizeram na vida, porque não foi assim que Vencecavalo agarrou as balas com os dentes e cuspiu elas no chão e disse: com essas balas, apustemado, vosmecê me tirou uma lasca do dente queiro de cima do lado direito e se é um dente que eu tenho estimação é esse dente queira de cima do lado direito e por isso mesmo vou lhe dar um punitivo, e aí pegou um burro pelo rabo em cada mão e rodou e rodou e rodou e foi atacando a tropa com os burros e cada um que se levantava tomava uma burrada. Depois ele pegou a tropa toda e jogou lá no jebe-jebe de penedo. Já viu você que filho esse que eu tenho? Arretado.

VII

Pois então aqui sentado nessa solta, com essas cinzas que botei na cabeça e todos caminhos que cavei com os pés, andando em roda não sei quanto tempo e batendo no peito e gurgurando na garganta, que eu dei um grito que se ouviu em todo Estado de Sergipe, para todos lados, para baixo, para cima, até encostar no oco do mundo, que ribombou, eu dei o grito mais retado que se deu na terra, porque foi agora que eu senti. Primeiro, eu sentei num toco e enfiei a cabeça no meio das duas pernas espichadas e fiquei sentado vinte e duas horas, cinquenta e oito horas, fiquei sentado mais horas do que qualquer um já ficou sentado, e não mexi nada: espiei o chão, mas sem enxergar nada, só o chão de uma cor só. Depois eu me levantei e me deu uma raiva, a maior raiva que já se teve em todo Estado de Sergipe, me deu uma raiva grossa como sangue e pesada como quinhentas sacas de açúcar e quente como uma brasa do tamanho de uma boiada. E estando de pé, estiquei um braço com a mão fechada, estiquei o outro braço e bati nos peitos tanto que trovejou e as folhas dos pés de árvore foram caindo e depois eu andei com cada passada de duas braças e quando eu andava cada passada subia umas nuvens de poeira que virou lama na minha cara com o choro que saiu. Aí eu olhei assim no redor e não vi nada. Forcei as vistas e não vi nada, e eu queria ter uma espada muito grande, que eu com essa espada botasse embaixo todas coisas que ficasse na minha frente ou de trás, amuntado num cavalo preto que o suor fedesse tanto que matasse pelo cheiro e com esse cavalo fosse com a espada pelo rio Cotinguiba, metesse a espada no rio e matasse os peixes e abrisse a água e enchesse o mundo de água e comesse tudo e sumisse tudo. E eu. Forcei as vistas dessa forma e não pude nada ver mesmo, só estava sentindo, e apaguei a fogueira da noite com as mãos e peguei a cinza que ficou, esfreguei na cabeça na cara e não quis fazer mais nada por muito tempo, porque fiquei triste e então eu dei um grito ouvido em todo Estado de Sergipe, o chão tremeu e eu sentei de novo.

Quando eu vi, estava parado, com o olho aberto, na mesma posição que tomava para bater no cano da arma, baixar e descarregar. Quer dizer, com a mão direita ainda levantando, mas nunca que pôde baixar, porque ficou presa pela manga num prego da parede e lá ficou. O primeiro que eu vi foi os olhos, porque antes eu estava espiando pela janela para fechar a entrada, felizmente que pelo fundo não podia entrar ninguém, que é um barranco alto e eu estava até achando que era serviço coisa pouca, porque era aparecer na estrada era acertar fácil, uns bons alvos, mesmo eles atirando para dentro e tirando batocas da parede, pelo lado de fora e pelo lado de dentro. Nos princípios, veio na ideia botar o bicho com a cabeça para o lado de fora, mas eles estavam atirando tanto e tinha uma fumaceira tão descabida e um esporro que parecia que o mundo ia despencar, que se eu botasse a cara dele na janela com certeza que furavam a cara dele toda logo, morria e perdia a serventia. Fisdaputa, devem ter pedido campo na cidade toda para me pegar como tresmalhada, só que não vão pegar, vão pegar a mãe, eu não vão pegar. Pois eu estava de olho na janela, descansando a arma para atirar nos peitos de um que vinha de banda e eu queria atirar resvelado nas costelas dele e aí a arma de Amaro parou de papocar. Eu digo: que é isso, Amaro, se faltou munição pegue uma arma dessas do destacamento, que tem bastante e ele nada respostou. E nada, de formas que, quando eu consegui acertar dois balaços no infeliz lá, que ele foi desencostando no mourão da cerca, desencostando, desencostando, até que eu vi que era a última desencostada que ele dava na vida, eu espiei de banda e vi os olhos de Amaro.

Antes, ele estava bem, aliás estava ótimo, porque aprendeu a manejar bem a arma, que não é fácil. Parece fácil, mas não é fácil, precisa preparo. Mas foi ele que estava sentado no chão com os dois joelhos para cima e esfregando a arma pelo cano e mastigando um talo de capim como quem não está nem aí, foi ele que viu primeiro chegar alguma coisa e aí se levantou sem dizer nada e foi olhar para o lado do caminho. Guente aí, disse ele, e encostou do lado da porta, cuspiu o capim e ficou. Essa porta vai abrir daqui a pouco, disse ele, e eu vou fazer um festejo. An-bem, disse eu, temos pertubação, e me levantei, segurei um instrumento e espiei de meia travessa pela janela e de fato estava lá quase na curva um bando de cabra safado tudo esperando. Esse cá que Amaro vai pegar de jeito deve ter tirado carta de valente lá, e vem aqui. Ei cambada de mulher solteira ordinária, se prepare para morrer! Hum-hum. Pensei, mas não disse, que todos estavam parados lá e nem dava na impressão que a gente aqui dentro tinha se precatado. Eu mesmo não escutei nada, estava pensando numas rapaduras e Luzinete estava catando uns piolhos. Tudo muito assossegado, não tinha nem horas, não tinha antes nem depois, era uma paradeira e eu ficava com preguiça de pensar quando era que ia sair para levar o trempe para Aracaju, nem sei, nem sei. Amaro, fareje esse um se esbeirando para ver não sei o quê aqui dentro, é capaz de não ter certeza que a gente está aqui dentro e aí vem em missão de espionagem. Segurei a arma na mão, encostando o cano na madeira da janela, ôi cospe-fogo, ôi cospe-fogo. Vamos aí. Amaro agora nem parecia, só que estava com os cãos puxados e a canhota estava com os dedos meios brancos, agarrada nos dois canos. Que quando o homem foi empurrando a porta e Amaro estava atrás para meter o cano nas costas dele e a gente fazer um inquérito com ele, o sacano do traste, que estava amarrado mas sem mordaça, gritou com aquela fala de gengiva: cuidado que tem um homem na porta. Bom, dois gritos o ordinário não deu, porque eu fui para ele e dei um par de porradas na cara com o cano de minha arma e depois empurrei a cara dele no chão com a sola da bota e fiquei esfregando, esfregando, até amunhecar e dei umas duas bicudas nos rins para completar e ele acho que achou melhor se aquietar, ou aquietava ou dizia por que é que não aquietava. E eu disse a Luzinete, se ele mexer nem que seja o dedão do pé, quebre essa moringa na cabeça dele e se aporrinhar muito jogue querosene e toque fogo, que assim ele aprende. Ela aí se abaixou e ficou olhando ele, com um molho de fósforo desse que risca na sola do sapato de junto e o fifó de junto e a moringa. Na primeira, dou uma moringada. Na segunda, toco fogo. E pensou que era até melhor jogar logo o querosene para garantir dar tempo na hora, de formas que despejou metade do fifó nas calças dele e ficou lá abaixada, nem parecia. Aquilo é uma mulher especial. Mas o homem que vinha entrando parece que não deu tempo de mudar a intenção por causo do grito, ou então nem ouviu porque o traste grita fraco mesmo, e foi empurrando a porta. E nisso foi que Amaro deu um pulinho de banda, ficou na frente do homem e deu nos dois gatilhos de vez bem na direção e só se viu foi a cara do homem sumir e foi lasca de cabeça para todo lado. Eta, que se você acerta no escrivão assim, não ia ter quem escrevinhasse em Japaratuba por mais vinte anos, ave Maria, o homem quase que deu uma maria-escombona, quando recebeu a marrada. O homem deu aquele pulo, quer dizer, não foi ele que deu, foi o porrete da arma, e foi se parar lá no caralhoplano. Sem nada quase dos peitos para cima, estava uma pintura. Aí eu pensei, se naquela zorra daquela delegacia tivesse mesmo uma metralhadora, não precisava mais nada, daqui mesmo eu resolvia o resto, mas não pôde ser, de maneiras que quando eu abri fogo a raça foi se espalhando e parecia que cada hora chegava mais homem. Como que eu fosse Lampião, com tanta gente para me levar, está bonito uma coisa dessas? Bom, agora é segurar até aparecer um jeito de sair e parece que não vai ter muito jeito porque esse povo não é de desistir e vai ficar ali até entrar aqui, mas eu sou eu e quero ver esse renque de inquilizado entrar aqui. Vai vastar, tem de vastar, ora ora. E eu que dizia que tu tinha coração mole, hem Amaro, quem te viu quem te vê, bentevi. Aquele ali deve de se chamar Secundino da Moleira Grossa, com aquele pitombo em riba da cabeça, como se fosse umas ôndias. Aquilo é banha pura. Pois esse Secundino vinha atirando muito bem e dando umas negaças, se achando grande combatente. Deve ter tomado umas antes de chegar e eu estou até vendo a conversa dele: volto aqui trazendo esse cabra safado arrastado no cavalo, sem culote, sem gibão, sem túnica e sem divisa e a cova dele vai ser a poeira que ele vai comer antes de morrer. Vai ser uma cova por dentro. Isso ele deve ter dito. Pois assunte, Secundino da Moleira Grossa, quem vai lhe enterrar sou eu e vou até deixando que você venha feito macaco de lá, com esses pulos que nem palhaço pelanca, que pulo nunca decidiu destino de homem, nunca suportei esses puladores, posso lhe garantir. Secundino, olhe o céu, se lembre daquela vaca daquela sua mãe, que eu vou abrir um buraco em vosmecê, um buraco tão retado que vosmecê vai sair por ele, louvado seja Nosso Senhor Jesus Cristo, eu sou o Dragão Manjaléu, Comedor de Coração. Eu aqui no canto da janela, só olhando para ele dar os pinotes dele. Deixe dar: vá escolhendo as quixabeiras do céu, as palmatórias do inferno, hum-hum. E aí a boca se enche até dum pouco dágua como quando se espreme um tumor e se arranca um carnegão, quando ele deu um pinote para a banda da esquerda e eu escolhi acertar no meio do pinote. Adeus, Secundino da Moleira Grossa Soares de Azevedo da Paixão, pode dizer que morreu nos ares. Morreu direitinho, quando desceu nem mais mexeu. Aquele outro, olhe, Amaro, aquele tu deve dar na barriga um desses caprichados, porque aquilo é uma barriga aguenta, de banha de porco, do torresmo de carneiro, aquilo vale nada. Um homem desses está prenho, e o nome dele é Fabriço Fraco Fofolento da Farofa e quando tu acertar na pança dele vai ser como o Vaza-Barril impazinado, desvertendo água por tudo quanto é lado, o diacho é que ele fica só deitado e oferece somente um pedaço do ombro. Oferte mais, Fafá, ôi. Amostre essa barriguinha, meu santo. Siu! Luzinete, depois a gente mandamos cobrar umas contas de conserto de reboco no destacamento, que estão me arrancando esse reboco todo, já viu. É cada torete de reboco, olhe aí! Homem creia, estão crentes. Amaro, se aquele peste levantar a barriga, você manda na barriga com os dois, que nessa distância espalha bem e não dá para o vento enfraquecer. Aquilo ali, mesmo que viva, não tem doutor que cate centos chumbos no bucho e dói que é uma beleza, ainda mais naquelas dobras, deve ter a barriga cheia de roscas. Fofolento, hu Fofolento. Siu! Olhe aí, Amaro, ele está subindo. Olhe aí, Amaro, todo suado, parece uma jega enxertada, olhe a cara dele, gordo assim aonde já se viu. Olhe aí, Amaro, que cara de capilogênio, cada baga de suor que parece uns bagos de jaca, já se viu. Quando ele passar junto da mangabeira, tu assiste ele, não precisa apressar, que, gordo assim ele vai encostar a mão na mangabeira, tirar o chapéu e limpar a testa. Aquela água toda já deve estar entrando nas vistas e ardendo. Bonito ia ser acertar na bunda desse boi, mas isso ele não vira, é natural. Pois veja: eu não lhe disse que ele ia encostar na mangabeira? Agora aí, olhe, ô canhão, parece uma peça do Dezanove BC, ovo na negrinha, Amaro! Hum. Vai ficar ali se estorcendo uns tempos, deixe ele. Tem umas formigas pretas naquela mangabeira, daquelas que fede, ainda vai apoquentar mais, deixe ele. Eu disse que ele ia se encostar na mangabeira. Falei e disse. Se a gente sair daqui, vai para as catanduvas, que as catanduvas briga por nós, não é certo? Lá vem atrás dois outros, um fino e um grosso queimado. Tu não está achando isso uma facilidade não, Amaro? Se viesse de bolo, aí não sei, porque tinha que ser uns disparos muito ligeiros, mas assim de um em um, de dois em dois, assim quantos venha quantos não volta. Esse queimado chama-se Chico Banana Seca, por causa de que parece que tem a cara toda pregueada. Acho que passaram jenipapo na cara dele, para ficar preta assim, bicho feio da desgrama, hem Amaro. Esse deixe aqui, que ele vem na minha linha de tiro bonito, está parecendo uma galinha dágua galinhando na beira da lagoa. O fino é por nome Carolino Carola Caruara, por causa de duas coisas: primeiramente, tem cara de noiteiro de novena, diga se não? Tem. Bota as mulheres cantando para purgar os pecados, que ele tem medo de morrer e ir para o inferno. Segundo, anda todo troncho, espie, veja se não tem umas parenças que deu caruara nele em pequeno. Pois muito bom, tu soca dois caruchos de novo aí e acerta Carolino aonde tu puder acertar, que ele já deve ter pagado uma vintena de novenas antes. Me diga uma coisa, o cano dessa estrovenga não esquenta muito, não? Tu pega o tortinho que eu pego Banana Seca e se prepare, porque deve de estar um espotismo de gente lá embaixo. Olhe aí, Amaro, ô vexame, o tortinho se desentortou todo, acho que você acertou de relepada, porque ele já se despencou e sumiu. O nome dele mesmo deve ser Desandado da Desautoria, porque lá vai ele como um garrote desautorizado, mas esse queimado acredito que, quando abaixou, abaixou de vez. De formas que pode esperar aumentar a fuzilaria, ô peste, tem uma força de homem ali que não acaba, só vendo. E fica essa fumaceira, porque o tempo está molhado. Se tivesse seco, era melhor, não levantava essa fumaçaria. Possa ser que todo esse logrador esteja cheio de homem atrás. Enfim, ou vai ou fica. Eu vou, e quero ver quem me para.

Pois então, quando eu vi os olhos de Amaro parados e ele olhando para lugar nenhum, com o braço pendurado no prego, eu vi que ele tinha sido matado e no começo não senti nada. Somente olhei de novo e disse olhe Luzinete, olhe que acertaram Amaro, não está bom a gente pendurar esse animal pelum pé, que foi por causo dele que mataram Amaro? Mas não tive tempo de fazer mais nada, porque estava ainda a fuzilaria e eu tinha de me aguentar e fiquei assim até quando que deu umas duas horas e parece que eles mandaram buscar reforço, porque pelo que eu sei devem de ter deixado uns quatro vigiando o caminho, ou mesmo mais, que é para não admitir saída nenhuma. Em meia hora esse reforço chega, não chega não? Deve de chegar, disse Luzinete, e não estava com medo. Eu fiquei olhando mais Amaro morto. Luzinete disse quando você estava atirando na janela, eu quis fechar as vistas dele, mas não fechou, vai ter que ficar assim mesmo. É, eu disse, vai ter que ficar assim mesmo. É, vai ter que ficar. Aí ela disse ele era como seu irmão, e eu disse acho que era, era mesmo, acho que era, e acredito que no mundo eu só tinha ele e você, isso eu acredito. Estou sentindo, eu disse, essa vida é uma bosta. Puxei ar: quem está vivo está morto, a verdade é essa. Reze um terço, Luzinete. Reze um rosário. Ainda outro dia ele estava rezando lá no padre, ele sabe todas as rezas. Sabe, não; sabia, disse Luzinete, e por que tu não acaba com aqueles pestes de uma vez logo e vai embora com sua missão? É, digo eu, só se eu fosse um avião. Só se eu fosse um elefante. Ali tem uma ruma de homem e se eu for lá, antes de eu poder dizer uai, eles dão conta de mim certinho e aí quem vai levar esse bexiguento para Aracaju, você com certeza é que não vai. Bom, ficando aí, tu também não sai. Isso eu sei, digo eu, mas também, não sei. Acontece sempre alguma coisa. Olhe, eu sou um homem diferente, mas não diferente do jeito que você pensa, mas eu sou diferente porque me sinto diferente, é uma coisa. Posso dizer uma coisa que pensei quando estava lá no padre, mas escute calada, porque, se der risada, eu lhe dou uma porrada: eu sou Getúlio Santos Bezerra e meu pai era brabo e meu avô era brabo e no sertão daqui não tem ninguém mais brabo do que eu. E eu dou um murro na testa do carneiro que aparecer e o carneiro morre. E tem mais coisas, mas eu não digo agora. Essas coisas eu acho que não se fala, talvez. Hum, não adianta. Eu sou eu. Meu nome é um verso: Getúlio Santos Bezerra, e de vez em quando eu penso que, não tendo ninguém melhor do que eu, tudo que pode me acontecer é melhor do que os outros. Hum. Não sei, acho que eu penso demais, não adianta. Seu nome é um verso, disse Luzinete, e você nunca que vai morrer. Isso é fato. Agora mesmo eu levo esse homem. Olhe, tem essa força lá fora, não tem? Sendo eu cabresteiro, já tinha me livrado de tudo isso. Não tem ninguém por trás de mim, essas alturas. Mas sendo eu mais do que qualquer coisa, porque eu sou eu e fui criado assim, pode acontecer tudo, que esse traste eu levo para Aracaju arrastado. Eu disse que levava, e levo e tiro de eito tudo, estou lhe dizendo. Depois pode ser o que for, não é preciso cascavilhar esse Sergipe inteiro atrás de mim, que eu estou livre e homem e quero ver, porque o pior que pode me acontecer é eu morrer e isso não é o pior. Pior é ser pataqueiro em qualquer engenho. Pior é não ser ninguém, mas lá no padre eu vi, quando conversei com os homens e Amaro estava com aquela ferramenta apontada dentro da igreja, eu vi o que é que eu sou, e eu sou eu, e por isso que eu vou levar esse animal e ninguém me empata, que se me empata eu destruo. Eu sei, disse Luzinete me olhando, mas como é que tu não acaba com aqueles pestes de uma vez logo? Já lhe disse, tem que acontecer qualquer coisa, não sou avião. Possa ser de noite, possa ser que eu me desembarafuste de noite pelaí e suma, hoje não tem lua nem eu sou vaga-lume para brilhar no escuro. Tem umas bombas aí, disse Luzinete, tem umas bombas aí, do homem que vivia amancebado com minha irmã e que trabalhou numa pedreira. Ques bombas? Umas bombas, disse ela, que parece um rolo cada e que vem num molho dumas cinco, acende e joga. E separando todas pode jogar umas cinco vezes, meia dúzia, que abre caminho ali e não sobra nada. São umas bombas ótimas.

Está vendo aquilo brilhando no escuro, peste? Aquilo brilhando meio azul, aquilo se chama-se uma planta por nome cunanã, que é como uns cipós. Aquilo é seu inferno, sempre foi. Mas meu, meu é minhas estrelas e por ali sei para onde eu vou, porque nasci aqui e essa terra é minha. E agora é minha só, porque morreu todo mundo que prestava. Tudo culpa sua, que não tem nada com essa terra, posso lhe garantir. Pois está vendo aqueles brilhos, são meus brilhos do mato e se eu quisesse brilhava também e casava com a Princesa Vagalume e voava. Mas não faço isso, lhe levo para Aracaju e lá não sei. Luzinete subiu com as bombas, nada deve ser achado dela, no meio da pedra e do barro. Sastifatório, isso? Apois. E então. Não ia ficar lá, isso eu não ia. Tinha uns instantes que eu pensava que eu ia, mas era porque eu me esquecia quem sou eu. Quando eu me lembrava, me lembrava da estrada e dessas soltas que tem aí, desse e daquele logrador, um canavial e uma catinga, era disso que eu me lembrava, dessas cabeças de frade. Isso é um verdume só, mas isso ninguém sente, só quem sente. Agora, como minha mulher, podia ficar lá o tempo todo, que uma vez no ano eu ia lá e com uma vergalhada só eu emprenhava ela por toda a vida, suficiente para ela ir parindo, ir parindo até o fim, cada filho tão grande que os embigos era metros e a barriga de doze meses, porque eu tenho aqui como um jegue, eu tenho aqui como o maior dos bichos, e se eu galar esse chão nasce árvores de frutos. O chão é como minha mãe, seu peste. Seu peste, puto, peste, peste, peste, seu pirobão. Perde a força os nomes quando eu lhe xingo e por isso vou inventar uma porção de nomes para lhe xingar e de hoje em diante todo mundo vai xingar esses nomes. Crazento da pustema, violado do inferno, disfricumbado firigufico do azeite. E invento mais. Se ela ficasse, não que eu ficasse também, eu deixava. Mas ia lá e emprenhava de uma enfincada só e ela nem precisava comer nem nada, porque ela ficava como o chão, só tomava chuva. Só precisava disso. E meus filhos, peste? Carniculado da isburriguela, retrelequento do estrulambique. Não se ouse de responder, porque lhe tiro sua vida da pior maneira, levando dois anos e meio, cada dia tirando umas gramas de sua carne, pense nisso, nem se ouse. Ela era minha mulher, agora é a lua. Sabe vosmecê que minha mulher agora é a lua? Ficou lua quando explodiu com as bombas e os cabras que estavam lá são uns belzebus e vão viver debaixo do chão até que eu queira e eu sempre vou querer. Agora, Amaro. Não me interessa o que ninguém diga quando me olhar, com essa cinza na cara, mesmo porque quem disser o que eu não gosto eu como a alma, eu olho e esturrico, eu viro a pessoa numa linguiça. Quando eu gritei que se ouviu em todo Estado de Sergipe, desde lá no São Francisco até no Estado da Bahia, de bandinha por bandinha, foi por causa de Amaro que eu gritei, que era meu irmão. Luzinete é a lua, mas Amaro? Não é nada. Ele não é nada, porque morreu e ficou lá, com as vistas abertas. Era pequeno, mas era homem, mais homem do que novecentos mil da sua marca e com essa mesma arma que era do padre e depois dele e agora minha, que eu guardo nas costas e que mão nenhuma pode tocar que não a minha senão morre, com essa mesma arma eu enfrento o que aparecer, eu tiro de eito. Se vem um batalhão, eu dou testa. Se vem um gigante, eu garguelo. Agora eu tenho dor no peito e às vezes não posso tomar fôlego e até agora estou chorando lama e passei umas horas sem querer nada, sem poder levantar a mão, sem enxergar nada. Ele era chofer, escute, e agora não é mais nada. Como se pode pensar nisso. E fique quieto e vá marchando bem, que cada vez que eu digo Amaro eu também estou querendo dizer louvado seja Nosso Senhor Jesus Cristo e vosmecê pensa sem dizer, mas tem que pensar mesmo, que eu estou olhando sua cara, vosmecê pensa para sempre seja louvado tão bom Senhor, e tem que pensar assim: para sempre seja louvado tão bom Senhor Amaro, tão bom Senhor Amaro, tão bom Senhor Amaro, vai que eu lhe furo as costas de espora, e agradeça que não lhe amunto e agradeça que não lhe enterro no chão de cabeça para baixo com um canudo de mamão na venta para entrar ar, agradeça, sacrista! Ai, ai, ai, ai. Pode dizer que eu estou sujo, mas isso é cinza e cinza de tão queimada é limpa e não tiro essa cinza da cara. Nem vi quando ele tomou o tiro, estava vigiando a sua laia. Vá marchando, vá marchando, quero marchando. Nós vamos marchando até chegar na beira do rio, que nós possa ser que vamos de canoa, vosmecê remando e eu com pose, é assim que nós vamos. Diga: louvado seja nosso Senhor Amaro, para sempre seja louvado tão bom Senhor Amaro. Agora me digo: como pode ter outra coisa que não eu lhe levar para Aracaju e depois, depois não sei? Porque, se eu fosse tirar vingança, não tinha tantos que eu matasse que pudesse descontar Amaro nem meus filhos, nem a cara de Luzinete avoando pelas nuvens e virando lua e eu daqui debaixo com cinza na cara e chorando lama, me diga uma coisa. Homem creia. Não me diga nada: louvado seja nosso Senhor Amaro, para sempre seja louvado tão bom Senhor Amaro, tão bom Senhor Amaro, vá pensando, vá pensando, e quando eu falar no nome dele, vá pensando e se benzendo, vosmecê tem pecado por demasiado. Antes, eu nem conhecia Amaro direito, mas depois era o melhor amigo que um homem já pôde ter e até de jia ele gostava, ficava espiando jia e tendo pena de jia e qualquer coisa com jia. Lá com as vistas abertas. Quer dizer, agora que foi todo mundo, só resto eu e então. Repare aquele mato brilhando azul. Diz que é mato? Não diz que é alma, diz que é luz de defunto, diz que é caipora pitando, diz tudo, mas não é, é um fogo frio que só eu sei, minhas estrelas. Pode compreender, eu estou no céu e vosmecê está no inferno, não adianta. E eu não preciso nem comer nem fazer nada, daqui nós vamos. Se eu quiser, pego a Bandeira do Divino e seguro em riba e uns apitos que pode se fazer de taquara, mas vosmecê nem sabe o que é taquara, esses apitos para chamar o Exército dos homens machos donos dessa terra, tudo uns campiãos e sempre fazendo guerra, tudo uns santos. Aí é que eu quero ver quem vai falar. Eu era sargento, veja vosmecê, do enfiador do sapato até o emblema. Bom, então, me olho e digo: você é um macaco, coisinha, isso é o que você é, mestre. Então não sou mais macaco. E em vez de ficar aqui olhando esses flagelados, essas levas, esses libombos, chupando mamãe de luana sem mais nada e vendo o mundo passar, em vez disso que se podia ter? Se podia ter, para provar que vosmecê não presta, nem sua laia presta, se podia ter o meu Exército novamente, que eu vou chamar esse Exército outra vez e a terra toda vai ver, porque, quando juntar aquele mundo de homem e bicho, aquele Exército, ninguém ganha mais, e a gente toma conta e eu vou fazer meus filhos na lua. O que é que eu fiz até agora? Nada. Eu não era eu, era um pedaço de outra, mas agora eu sou eu sempre e quem pode? Eu vou lhe levar, peste, até o meio de Aracaju, lhe levo na rua João Pessoa de coleira e vou dizer: se eu quiser ser governador, eu vou ser governador e quem quiser que se acerte com o meu Exército, que quase nem cabe no Estado de Sergipe. Tomando de Canindé de São Francisco até Brejo Grande, beirando o rio e entrando mais para dentro, vem os alemãos brancos do comando de Porto da Folha e os brabos de Propriá. Pri meiro Regimento dos Encourados, que faz uma fileira de quatrocentos homens por fila e é tanta fila que não se pode contar, tudo amuntado nuns cavalos pequenos de cabeça buliçosa e que as patas cavam no chão e sai fumaça das ventas no tempo frio. Esses tem lanças, carregando as guiadas no braço direito e desce como uma arribada, uma estourada pela riba do capim panaço e do que mais tiver na frente, não tem força que possa resistir. De cada lado, vem uma fileira de trombeteiros assoprando numas trombetas de aço que nem vinte homens dos daqui pode levantar e com essas trombetas tocando todos homens na frente desaparece e as mulheres que vão ter filho o filho encrua e não nasce, por causa dessas trombetas. E é uma raça forte, que quando tem come cuscuz com leite, quando não tem come bró e se sustenta. Comandada pelo Capitão Geraldo Bonfim do Cansanção, que o cavalo anda mais do que o vento e que fuzila um homem a duas léguas e que quando chove desafasta as nuvens assoprando e no combate só perde para mim, porque já ganhou de São Jorge e botou o santo correndo no prado, dando uns berros de santo e pedindo misericórdia. Esses tem gibão, perneira, colete, joelheira e guarda-pé de couro ruço e empoeirado e nada fura aquele couro, possa ser qualquer peça ronqueira, possa ser o que vinher. São Jorge desceu uma certa feita para salvar um homem que o Capitão Geraldo ia sangrar, por ele ser ruim e um prejuízo e disse ao Capitão: esse homem é meu devoto, me faça vosmecê o favor de soltar ele e ainda reze umas penitências para desfazer o malfeito. Então o Capitão Geraldo, com o pé na goela do ordinário, tirou o chapéu, atufou a cabeleira loura para trás, se benzeu e disse ao santo: o senhor é um bom santo, merecedor de respeito e se fosse em outra ocasião eu estava disposto a receber a vontade de Vossa Santidão, mas esse homem daqui não merece preocupação e além do mais me deu trabalho de correr pelesse descampado para laçar ele e o senhor queira me desculpar, mas esse vivente daqui vai ser sangrado e é agora. E dito isso fez uma careta tão medonha que um pé de árvore que estava de junto foi logo murchando. O santo disse: taí, é o primeiro homem que me fala assim e não gostei dessa fala, de formas que vou pegar minha lança e vou lhe esbuchar, e é agora. E esporeou seu cavalo avoador e foi de lança para o Capitão Geraldo, mas ele segurou a lança e arreganhou uns dentes tão lustrosos para o cavalo do santo, que o cavalo passarinhou. Ôi, santo, disse o Capitão Geraldo, vá desculpando, e encarcou a lança na perneira e sendo a perneira daquele couro duro, a lança partiu em vinte e três pedaços, e o santo não teve mais nada o que fazer e somente disse: está maluco, homem? Endoidou? Estava não, mas fiquei, disse o Capitão Geraldo, e arreganhou mais os dentes ainda e tirou uma lambedeira de dois metros da cintura o cujo aço era tanto que dois homens dos bons não aguentava carregar, e disse ao santo, ciscando o ar: o senhor é São Jorge, mas Deus me perdoe se com esse espinho de Santo Antônio eu não fizer uma miséria, se Vossa Santidão não sair desse Estado nestante. Vendo dessa forma o seu cavalo amofinado e a sua lança partida, o santo foi só virando no calcanhar e se meteu num arrastador com o Capitão Geraldo atrás e foi uma corrida que durou dois dias e meio, por cima de terra, água e macambira e o que viesse e o Capitão puxando faísca do chão com sua faca de arrasto, que de tão amolada tirava gemido do ar. De vez em quando, chegava perto do santo, mas aí o santo olhava para trás, empinava a cabeça e se picava, esbagaçando os matos pelo caminho e levantando folha e galho por tudo quanto era canto, ficava aquelas folhas e matos boiando nos ares e uma barulheira de galho quebrado pelo campo. Acabou o santo se escondendo atrás duma nuvem e o Capitão Geraldo deixou de lado, foi para casa, matou um bezerro e comeu e palitou os dentes com as costelas. O santo correu quase que de Porto da Folha a Siriri e até hoje tem aquela nuvem lá, que é para ele se esconder, se o Capitão Geraldo Cansanção aparecer novamente por lá aperreado da vida. O Segundo Regimento dos Encourados parte da quina de Nossa Senhora da Glória, por cima de Carira e Frei Paulo, até Socorro, e essa força é comandada pelo Major Jacaré de Carira, assim chamado porque tem mais dente do que um jacaré e a boca até maior e gosta muito de dar risada e dizem que não tem pai nem mãe, nascendo de dentro de uma ipueira, donde saiu todo armado, na mão esquerda uma cruz de mandacaru, na mão direita uma foice de prata e quem estava na beira da ipueira ele foi logo degolando com a foice, para mostrar quem era o comandante daquelas terras: Esse regimento tem diversos tenentes dos melhores, e todos vestidos de couro malhado de preto e branco e que por mais que tome pó nunca avermelha nem encarde. Muitos vão no combate amuntados em bois e na hora do encontro se a arma cai arrancam os chifres dos bois e chifram os inimigos com aqueles chifres todos entortados, pretos e compridos. Foi o Major Jacaré de Carira que venceu duzentos batalhãos de baianos que passaram a fronteira, e o Major foi vencendo baiano, vencendo baiano, e a baianada despencando e ele aproveitando para fazer um roçado que foi de Itabaiana até Poço

Redondo e esse vai ser sempre o roçado dele, quando o Exércio avançar e tomar as terras. E esses combatem com gritos, que é para os inimigos amunhecar só de ouvir o alarido. É como se diz: se olhando-se a Serra do Quizongo, nada se vê-se, só que de repente o chão principia a estrondejar e sair fumaça de trás dos montes e aquela fumaça vai subindo, vai subindo, quando se não é o Major Jacaré de Carira que está naquelas bandas e vai destabocando pela serra embaixo seguido pelos seus cavaleiros e onde vai passando vai arrancando os pés de árvore e desassombrando. Ou assim: quando o rio Morcego está cheio e todos estão desprecatados, ouvindo as águas desaguando e sentindo o cheiro da terra molhada e aguardando tanajuras e qualquer coisa nesse sistema, quando é que me pula de dentro do rio o Major Jacaré com os peixes tudo saltando pela barba dele e quando ele sai levanta uma ôndia que o rio fica maior do que o São Francisco e depois seca de medo e toda a terra esturrica, isso até o Major dar uma risada e se embrenhar nos matos e nisso o rio vai voltando, vai voltando, até voltar com todos os seus peixinhos. E quando teve a guerra iam mandar esse povo do Major Jacaré para a guerra, mas veio o americano e disse: não me mande esses homens do Major Jacaré aqui, que não sobra nada, e aí não mandaram e a guerra demorou mais. O Terceiro Regimento dos Encourados parte mais ou menos das beiradas de Simão Dias, fazendo zigue-zague até Barracão, de lá para Estância e Indiaroba e outros lugares, e esse o Comandante é o Capitão Rosivaldo da Silva com Onça, que foi criado pelumas onças, mas depois teve que sair ainda menino, porque as onças não podiam com ele, porque com dois meses de idade ele já pintava os canecos e inclusive num dia que estava muito azuretado armou um quebra-pé no chão que afundou duas dúzias de boiadas, buraco esse que ele cavou só com as unhas, porque nem dente tinha ainda, para mascar as pedras que aparecesse, e depois foi vaqueiro muito tempo. Quando baixava um boi, a mucica era tão forte que o boi entrava pelo chão e tem diversos plantados pelo chão que ele andou, isso das mucicas que ele dava, e às vezes cocorotes. Quando parou, vinha numa mula de padre, mas dava muito trabalho para criar e ele soltou a mula com muito desgosto, mas até hoje, de vez em quando, ele chega no mato e chama a mula e os dois ficam prosando muito tempo e às vezes ele amunta e passa vinte dias nos matos passeando com a mula, quando é depois volta muito do sastifeito. Esse regimento combate vestido de couro de onça, e o Capitão Rosivaldo anda de couro de onça pintada, com a cabeça da onça em cima do chapéu e uma flor vermelha dentro da boca da onça, carregando como arma um canhão pequeno que ele usa debaixo do subaco e que destrui mil e duzentos homens com cada tiro bem encaixado. Teve uma certa feita que o Capitão Rosivaldo estava lutando com mil e duzentos homens e por mais que lutasse não conseguia matar mais do que quarenta e dois por minuto, de formas que de repente ele disse: macho não briga assim de bolo; macho briga com ordem; façam fila aí, que eu recebo vosmecês um por um. Aí eles fizeram fila e o Capitão Rosivaldo levantou o canhão mais do que depressa e deu um tiro só e não ficou nenhum inimigo em pé e ele voltou para casa muito ancho, assobiando uns assobios de chamar onça e veio foi onça nesse dia festejar. Só que as onças ficaram se queixando por não poder comer aquela força de homem toda, isso porque quem estava ali no chão tinha virado poeira ou então papa e muitos outros tinham ido parar no Estado das Alagoas, com a força do tiro de canhão, e diz que choveu cabra safado no Maranhão nesse dia, tudo em fila como tinha sido combinado.

Pois, dando no juízo fazer isso, eu pego uns apitos e umas cornetas e chamo esse meu Exércio que eu sou Comandante e entro em Aracaju com vosmecê numa parada, com o chão cheirando a folha de pitanga e não deixo nada no caminho. Isso tudo são machos, isso é que eles são.

VIII

Esse rio tem pouca água, menas água do que os outros rios e bem menas água do que o rio São Francisco, mas posso lhe dizer que é bom rio. E se vamos aqui é porque eu inventei de vim pelaqui, acho que de Santo Amaro deslizemos pelo rio e estamos chegando logo na Barra dos Coqueiros. De lá espio Aracaju e fico lá olhando, curtindo raiva, e uma bela hora arrasto isso para lá, jogo no meio da rua e faço a entrega e espero. Entreguei, cambada de capadoços, entreguei. Agora quero ver. An-bem, nunca pensei no que eu vou fazer depois, comigo agora não tem depois. Rio safado, já vai ficando salgado desde longe, fica como que um mar, isso é o que me reta, porque, no direito, sendo rio Sergipe, devia de empurrar essa maré toda para dentro até ela gritar chega. Mas não, vai salgando, vai salgando e até faz umas ôndias de mar e fica azul. Não gosto dessa água toda. Bem que gosto mas é às vezes de ver de cá os costados dos balaústes dos cais de Aracaju e essas casas de porta grande que tem do outro lado da rua da Frente e uns caminháos ou outros e às vezes um navio. Se vai-se navegando, se vai-se vendo a cidade chegando. Tem um pedaço que se pode sentir o cheiro da feira e essa barra, que só se vê coqueiro. Eu que digo, antes de chegar na água salgada, com bem umas cinco ou seis léguas da saída, antes disso é um rio bom. Não é um rio como o São Francisco, que é um espotismo e essas canoas e esses barcos que nem se compara com as canoas e os barcos de lá, porque a canoa do São Francisco é alta e forte e cabe centos coisas dentro. Defronte de Penedo, pode dar voltas o São Francisco, que as voltas não é de fraqueza, é de capricho mesmo, e tem a hora das cabaças, que as mulheres vão no rio e lá se pesca camarão com uma estopa e tripa de galinha ou qualquer coisa. Pode ficar sentado na beira, com aquela estopa e trazendo camarão, que é farto lá, e os meninos pegam tanto camarão que os grandes ficam enjoados. Também possa ser piranhas, que uns lugares tem, outros lugares não, com um dente que corta o fio de aço e uma malvadeza por demais. Aquilo quando pega um animal que cai dentro do rio junta mais de mil e vai rebuliçando e entrando por debaixo do couro do bicho que só se vê estufar e tudo junto faz um barulho chiado quase que como uns passarinhos. Logo fica a carcaça escarnada, é uma limpeza, e aquilo o rio vai deixando, vai deixando e de repente vira um pedaço do rio, uma pedra cheia de limo, um chão e uma lama, e as piranhas nunca mais se vê até que outro animal entra e elas fazem a limpeza outra vez. Eu que não sou de lá, mas tive de visitar Passagem muitas vezes, eu que não sou de lá, não entro no rio: chego nas partes baixas de bota e boto a mão no queixo e assunto aquela água amarela um tempão. Uma água que nem parece que é a maior do mundo, como o São Francisco é, separando Sergipe do resto em riba, como o Real separa o resto embaixo, e fica Sergipe inteirão aí. E depois o São Francisco vai para todo o Brasil e enche tudo e carrega as terras até o oco do mundo, quase que não pode existir coisa mais importante. Muitas vezes, quando faz lua, o rio prateia, mas não é sempre, mas às vezes prateia e pode se olhar aquilo como uma fita, escamando e luzindo. Qualquer barulho que se faz se ouve, um homem andando na beira molhada, quando ela é baixa, um mourão encostando e desencostando na borda da canoa ou uma mulher falando até bem longe, e temos aquele sossego grande, às vezes um grilo ou outro, às vezes bastantes sapos, mas só. Agora, esse rio daqui tem suas boas coisas, passando nessas boas terras e fazendo essa confusão de água aqui, desde Maruim, mais ou menos. Não sei nem onde começa o peste, porque de repente pode sumir e só pega mesmo força aqui por perto, e aí entra e sai e sai e entra e salga e é um negócio, qualquer um pode ver. Agora, esse povo de beira de maré é uma coisa ruim, está acostumado com facilidade: mete a mão no mangue e tira um sururu, tira um gaiamum, tira um aratu, tira umas ostras, e come. No outro dia, está pensando o quê? Nada. A maré nunca seca, nem a lama nem essas gaiteiras estralando aí com esse barulhinho de mangue, que quando a gente vai entrando a gente vai ouvindo e toma até susto. Aí sai tudo de novo, vai lá dentro do mangue, pega um sururu, umas ostras, um gaiamum e come e pode dormir. Em Aracaju, atrás da igreja de São José, atrás do Carro Quebrado, tem um rio pelo nome de rio Tamandaí, um bicho imundo, bicho porco desgraçado, que quando se entra nele se sai com uma barba de lama. Apois, atravessando o apicum, entrando naquele mangue, se vê uma ruma de gente com uma varinha, pegando siri no rio Tamandaí. E tem umas capineiras altas, aonde a terra é mais seca, que se acha gente fazendo qualquer pior tipo de descaração. Povo de beira de maré é isso, come e faz senvergonhice, tudo tem um renque de filho que é uma enfieira, porque é tudo na facilidade. Então fica tudo ordinário, falador e testemunha, não vale nada, nunca tem de pensar no outro dia, e isso não é bom. Eu mesmo não gosto dessa raça, não suporto, fico sem jeito e vou me raspando, vou saindo, prefiro ir ficando nos meus. Então já estão fazendo uma revirada lá em Aracaju e eu vou sair de noite pelo rio, que eu sei que estão me esperando em Aracaju e eu não gosto de homem me esperando, que não assenta. Então: vão me esperar por terra em Aracaju. Aí eu chego por água na Barra dos Coqueiros para ver como é que está tudo e de lá eu atravesso e levo a carga. Aí tem quem me segure? Posso lhe dizer: se eu quiser, atravesso essa merda andando. Se eu quiser, bebo essa água toda, seco o rio e vou a pé, só que o diabo da água é salgada e não é fácil. Em Aracaju, tem quem atravesse nadando todo dia, tem uma mulher chamada Rita Peixe que faz isso, para mim ela é maluca e o irmão dela também, onde já se viu mania de atravessar uma largura dessa nadando todo santo dia, destá. Bom, possa ser que eu mande vosmecê nadando, isso possa ser, porque com a sustança que vosmecê está vai ser uma festa, não chega nem na beira. A gengiva deve de ir bem essas alturas, hem? Ora, um serviço bem feito desses, nem pagando se encontrava melhor. Chegando lá, chegando bem de manhã, vamos ver tudo cor-de-rosa, com o sol nascendo. Se eu quiser, eu mando parar de nascer o sol, mas não quero laçar o peste hoje, deixe ele. Pois então. Chegando logo de manhã, fico com o dia todo para pensar e ficar lá. Posso lhe ancorar dentro do rio, para os siris ficar lhe pegando os pés e vosmecê vai ter que ficar dançando, que é para os bichinhos não se fartar. Mas não faço isso, que vem logo gente ver o que é, esse povo não pode ver nada que não pergunte o que é, de formas que, chegando de manhãzinha, encostemos na praia, passamos naquela lama e aguardamos. Podia descer logo em Aracaju, com a raça toda me esperando lá, mas não desço. Não pense que eu tenho medo, porque medo é uma coisa que um macho como eu não tem, nunca teve, nunca vai ter, nem nunca ia ter. Medo de quê? Duns inquizilados que tem lá e duns praças de beira de praia, tudo tremendo, que nunca viu ação. Porque eu com uma mão amarrada num pé almoço todos eles, por isso que não é medo. Mas, na hora que chegar, pode ter uma mortalidade muito grande e aí se atrapalha-se as coisas, porque até vosmecê pode receber o seu, no melhor do gosto, e vosmecê não vai assim, não. Vai até a casa do chefe, que eu quero levar e quero olhar a cara dele e dizer: olhe aí sua encomenda, pode fazer o que quiser; por mim, pegava esse ordinário e aplicava um merecido logo, que aprontava as coisas, mas não tenho nada com isso mesmo. É isso que eu quero fazer, e quero botar as vistas bem dentro das dele que é para ele dizer na minha cara que não mandou buscar e aí eu digo a ele: quem o senhor mandou em Paulo Afonso, que eu me lembro, aqui mesmo nessa sala, quem o senhor mandou em Paulo Afonso, numa noite, aqui nessa sala mesmo, eu, Getúlio Santos Bezerra, tomando um vermute vermelho aqui, quem o senhor mandou para Paulo Afonso para buscar esse criaturo, não foi nem eu. Possa ser que ele diga oxente Getúlio, mas você não recebeu o meu recado, que é isso, Getúlio, vá sentando aí e vamos resolver esse assunto, você é meus pecados, seu Getúlio. Uma coisa dessas. Eu digo: o senhor não entendeu o que eu falei. Eu falei que o homem que o senhor mandou em Paulo Afonso — e me diga logo, mandou ou não mandou? Me diga logo, me diga logo! Mandei, seu Getúlio, mas a coisa correu diferente, vamos conversar. Apois estou lhe dizendo que o homem que o senhor mandou em Paulo Afonso, numa noite aqui nessa sala mesmo, tomando um vermute, aquele homem que deixou o quepe pendurado nas costas de uma cadeira e pediu permissão para desabotoar a túnica e o senhor deixou e seu filho ficou olhando as duas cartucheiras e eu pedi um copo dágua e ele chamou a empregada e eu tomei a água e até na hora a barriga me coçou do lado e eu fiquei coçando e escutando, depois que bebi a água. Aquele homem que o senhor mandou nessa condição, no hudso preto com Amaro, que nem estava lá na hora e estava dormindo na Chefatura ou olhando os crentes na rua Duque de Caxia, que ele apreciava os cantos dos crentes, eu acho, pois então, aquele homem que o senhor mandou não é mais aquele. Eu era ele, agora eu sou eu. Hum, seja homem, sustente o seu, que eu sustentei o meu, tome seu pacote e não rode essa manivela desse telefone para chamar nada, que não adianta, porque eu vou atravessar essa porta, com sua licença, estimo recomendação a seus parentes, muito agradecido por tudo, qualquer coisa estou às ordens, ainda não sei aonde, muito prazer, passe bem, muito obrigado, viva nós, qualquer coisa estou na sua disposição, agora aquele cabo na porta é melhor que ele não me pare, estou lhe dizendo, doutor, não sou mais aquele que o senhor mandou para Paulo Afonso, eu era ele e agora eu sou eu. Isso mesmo eu digo com as vistas nas vistas dele e lhe deixo lá, amarrado e sem dente e com minha cara de cinza e com minha mulher de lua, vou no mundo. Eu moro no mundo mesmo, pronto. É por isso que eu paro aqui e fico aguardando a melhor hora. E mais, quero espiar bastante Aracaju. Eu nunca me dei bem com Aracaju, de verdade. Quando estava assim sem nada, tomava o bonde circular e ficava dando umas voltas até cansar ou então ficava na Chefatura jogando pio com quem aparecesse ou prosando com Giba, que era um investigador que tinha, com uns oclos pretos e meio capenga. E era só. Ou então ia para a Casa do Chefe e pegava um pirão e ficava lá, ajeitando uma cerca, comprando umas coisas na rua ou ensinando um cachorro grande que tinha lá, ou contando história de trancoso ao filho dele. Mas logo que podia ia embora para dentro de Sergipe e lá ficava, que prefiro muitíssimo. Quero ficar olhando muito Aracaju, curtindo minha raiva e pensando em minha vida e querendo saber o que é que faz tanto povo lá, amuntuado lá, naquelas ruas grandes. Quando eu falo ninguém entende lá, quando um fala lá eu não entendo. É, depois disso, nunca mais eu piso lá. Eu não tenho nada, tenho as minhas pernas e a minha cara de cinza e tenho essa terra toda. Isso eu tenho, essa terra toda eu tenho, porque quem me pariu foi a terra, abrindo um buraco no chão e eu saindo no meio de umas fumaças quentes e como eu outros ela sempre vai parir, porque essa terra é a maior parideira do mundo todo. Quer dizer, esse povo de Aracaju não sabe, nem nunca vai saber, só eu que sei o que tem nessa terra toda e posso correr por cima dela com o vento na cara, nas águas e no chão. Eu não tinha nada o que fazer aqui da primeira vez, nunca tive. Tinha minha missão, isso tinha. E fiz. Tinha minha vida, isso também, e vivi, e se me perguntasse quer viver uma vida comprida amofinado ou quer viver uma vida curta de macho, o que era que eu respondia? Eu respondia: quero viver uma vida curta de macho, sendo eu e mais eu e respeitado nesse mundo e quando eu morrer se alembrem de mim assim: morreu o Dragão. Que trouxe uma mortandade para os inimigos, que não traiu nem amunhecou, que não teve melhor do que ele e que sangrou quem quis sangrar. Agora eu sei quem eu sou.

Aquela força que vem, coisa, aquela força que vem pelo rio atravessando, pode se ver os fuzios apontando para cima e está se vendo que ninguém pensa que vai me pegar fácil, porque senão não vinha tanta gente. Todo mundo sabe que eu vou dar testa, aviu vosmecê? E só vem fardado, veja bem, coisa, não vem um paisano para remédio com certeza, só vem mesmo os mandados, os mandadores não vem. Antes que eles queiram me acabar, coisa, eu ainda sou capaz de lhe arrastar sete vezes pela beira dessa praia de lama, indo e voltando, e arrasto o comandante dessa força e mais quantos praças chegue perto. Não vejo nem a cara, coisa, e não quero conversar, acho que não carece conversa agora, carece atividade. Aquela força, aquela força, coisa, é uma fraqueza, e daqui mesmo, com vosmecê amarrado aí no coqueiro que é para ver um macho lutando, o que vosmecê nunca fez na vida, trempe, aquela força é uma fraqueza, venha de lá fraqueza do governo, me solto, me destaramelo, me vou e é assim mesmo, na ideia umas lembranças, na mão uns bacamartes, nos pés uma fincada, minha vida e a laranjeira morta e a lua que Luzinete mora, espie aí, coisa, é uma fraqueza e miles homens desses é como nada e como eu tem mais aqui, essa é uma terra de macho, viu, traste, e a terra que me pariu vai me vomitar de novo, quantas vezes me enterrarem, quem tem amigo nesse mundo, ôi Amaro, viu Amaro, olhe ques jias brancas nos tijolos do chão, não estremeça, trem, veja que terra essa, com a morte deslizando pelo rio, as caras deles nem se enxerga, mas veja que terra essa, com nós aqui plantados no chão, não semos a mesma coisa? não semos a mesma coisa? é engraçado como vem esses homens e esses homens nenhum está pensando nada, porque todos estão somente sentindo, veja bem, eu sinto, eles sentem, tudo sente, olhe essa água salgada, sujeito, que veio de lá de dentro dos matos de Sergipe e vai chegando devagar Morcego, Cotinguiba, Jacarecica, Ganhamoroba, Poxi, Pomonga e o Vaza-barril e o Piauí e o Itamirim e o Siriri e o Japaratuba, veja, coisa, é até bonito essa água vindo de lá de dentro, isso tudo não é uma coisa só? a minha cara de cinza, o meu cabelo de terra, a minha bota de couro, a minha arma de ferro, hem, coisa? não semos tudo o mesmo? agora não muito, porque eu sou eu, Getúlio Santos Bezerra e meu nome é um verso que vai ser sempre versado e se tem lua alumia e se tem sol queima a cara e se tem frio desaquece, ai dois bois de barro e uma caixa de fósforo e um garajau cheio de barro, aboio eu aboia tu, hem Amaro, ecô, ecô, nós que semos marinheiros larguemos a grande vela por isso que puxemos fero, olerê, olerê, larguemos a grande vela, olhe aí, Amaro, eu sou maior do que o reis da Hungria, no dia dois de fevereiro tem uma festa em Capela, hem coisa, sabe onde Capela fica? sabe onde Capela fica, sabe Capela onde fica, e onde fica Capela? e onde fica Salgado e onde fica Largato? e onde fiquemos nós? ôi, lá vem eles, assunte, e tão devagar que não se sente, em casa tem todos uma mulher e um cuscuz e uns inchadinhos, veja bem isso, cada dia se pare mais nessa terra, é assim uma fortaleza de gente aparecendo nesse mundo de meu Deus, para que isso, hem? e eu sendo eu, sendo eu, quando eu era menino eu comi barro e entrei por dentro do chão, comendo barro, cagando barro e comendo de novo, ôi coisa, olhe a vida, lá vem a força, em Japaratuba tem umas canas e o canavial é louro louro como uns portodafolhenses e quem nasce em Muribeca é muribequeno ou muribequeiro, hem Amaro? quando eu entrei em Luzinete, entrei e fiquei, minha santa santinha, na lua, minha santa santinha e umas bombas de banana que jogou nos cabras, porque a gente não dá umas risadas, coisa? que é que está vendo aí, coisa, o chão? isso tudo é um verdume só, coisa, quando chove e quando não chove é uma amarelidão, mas vosmecê pode se jogar no chão que não tem perigo que ele lhe abraça, talvez até lhe coma e você vire um pé de pau ou tu vire um gaiamum ou vossa excelência vire numa pedra, isso pode crer e mesmo quente com a chuva esfumaçando, mesmo assim ele lhe abraça e pode ficar lá, porque aonde é que vai ficar mesmo, tem que ficar no chão, já chorou uma certa feita, coisa? de fora para dentro não, mas de dentro para fora, nos repuxos e cavando lá de dentro? eu mesmo não, mas possa ser que chore agora, porque estou com um pouco de vontade de chorar agora, seu coisa, seu traste, seu trempe, possa ser que eu chore agora visto que não é que eu tenho medo, eu não tenho medo nem de alma, mas eu posso chorar porque eu nunca falei com aquela força fraqueza nem vou falar e tem tanta coisa que eu não pude fazer porque eu não sabia e o mundo inteiro parou aqui, hem Amaro? veja essa água e essa beira de rio, com esse barulho aí de leve noite e dia, veja essa água e Aracaju e a ponte do imperador, veja esse povo vindo atravessando de barco atrás de nós e carregando as armas apontando para cima e aquele navio parado ali, nem sabe o que está se passando, tem uns homens lá jogando dominó e pensando na vida, mas porém o destino está dando volta, hem Amaro? lá na lua e pode crer que eu estou vivo no inferno, lá na lua está Luzinete e essa força se atira eu também atiro, ô minha lazarina, ô meu papo amarelo e um mandacaru de cabeça para cima eu vou morrer e nunca vou morrer eu nunca vou morrer Amaro eu nunca vou morrer um aboio e uma vida Amaro aaaaaaaaaaaaaaaaahhh eeeeeeeeeeeeeeeh aê aê aê aê aê aê aê aê aê aê ecô ecô aê aê aê aê aê eu nunca vou morrer Amaro e Luzi netena lua essas balas é como meu dedo longe e o lhelá Ara eu vejocaju e a águacor redonde vagar e sal gadaela éboa nun cavoumor rernun caeusoueu, ai um boi de barro, aiumboi aiumboide barroaê aê aê aiumgara jauchei de barro e vidaeu sou eu e vou e quem foi ai mi nhalaran jeiramur chaai ei eu vou e cumpro e faço e

João Ubaldo Ribeiro nasceu em Itaparica, na Bahia, em 1941. Depois de passar a infância em Aracaju, mudou-se, aos dez anos, para Salvador.

Em 1957, começou a trabalhar como jornalista e, no ano seguinte, iniciou os estudos de direito na Universidade Federal da Bahia. Em 1964, partiu para os Estados Unidos, depois de receber uma bolsa de mestrado em ciências políticas.

Seu primeiro livro, *Setembro não tem sentido*, foi publicado em 1968. Lançado três anos depois, *Sargento Getúlio* conquistou o Jabuti de Autor Revelação e ganhou traduções para treze idiomas. Depois disso, João Ubaldo publicou diversas obras, como *Viva o povo brasileiro* (1984), *O sorriso do lagarto* (1991), *Um brasileiro em Berlim* (1995), *O feitiço da ilha do pavão* (1997), *A casa dos budas ditosos* (1999) e o *Diário do farol* (2002).

Entre 1990 e 1991, o escritor morou em Berlim, na Alemanha, a convite do Instituto Alemão de Intercâmbio. Como jornalista, João Ubaldo trabalhou como repórter, redator, colaborador e colunista de diversos jornais, como o *Tribuna da Bahia*, *O Globo*, a *Folha de S.Paulo* e *O Estado de S. Paulo*. Em 1994, foi eleito para a Academia Brasileira de Letras. Ao longo de sua carreira, recebeu diversos prêmios nacionais e internacionais, como o Camões (2008), o mais importante da literatura em língua portuguesa. Faleceu no Rio de Janeiro, em julho de 2014.

ESTA OBRA FOI COMPOSTA PELA ABREU'S SYSTEM EM ADOBE GARAMOND
E IMPRESSA EM OFSETE PELA GRÁFICA SANTA MARTA SOBRE PAPEL PÓLEN BOLD
DA SUZANO S.A. PARA A EDITORA SCHWARCZ EM SETEMBRO DE 2021

A marca FSC® é a garantia de que a madeira utilizada na fabricação do papel deste livro provém de florestas que foram gerenciadas de maneira ambientalmente correta, socialmente justa e economicamente viável, além de outras fontes de origem controlada.